Popsänger Jasper hat die Nase voll davon, Musik zu machen, die ihm gar nicht gefällt. Bei einem Aufenthalt an der Ostsee will er zu sich selbst finden. Stattdessen begegnet er dort Hendrik – dem Mann, den er seit zweieinhalb Jahren nicht mehr gesehen hat und genauso lange versucht hat zu vergessen.
Auch Hendrik verdrängt die Erinnerungen an Jasper. Umso entsetzter ist er, ihn plötzlich in dem Coffee Shop stehen zu sehen, in dem Hendrik arbeitet. Eines ist sicher: Eine zweite Chance bekommt Jasper nicht. Oder?

Über die Autorin
Genovefa Adams heißt eigentlich anders und hat sich den Namen ihrer Urgroßmutter nur ausgeliehen. Unter ihrem richtigen Namen schreibt sie Artikel für Zeitungen und Magazine. Den wirklich wichtigen Dingen, nämlich dem Leben und der Liebe, widmet sie sich in ihren Romanen. Sie ernährt sich vegan, hat einen verhaltensauffälligen Mischlingshund und findet Ballerinas wahnsinnig unbequem.
facebook.com/genovefaadams
genovefa.adams@web.de

# Zweite Chance to go

Genovefa Adams

Roman

Deutsche Erstausgabe Januar 2023
ISBN 9798374371956
Imprint: Independently Published


facebook.com/genovefaadams
genovefa.adams@web.de

Coverbilder: AdobeStock

Covergestaltung und Herausgeberin:
Ulrike Heidorn, Rochusstraße 51, 40479 Düsseldorf

Druck: Amazon Media EU S.à r.l., 5 Rue Plaetis,
L-2338, Luxembourg

Inhaltsverzeichnis

## Kapitel 1

Tilda betrachtete die große Flasche mit dem filigranen Modell eines Segelschiffs darin, die auf der Fensterbank stand. »Wie heißen die Dinger noch mal? Pullenschiff?«
Jasper grinste. »Buddelschiff.«
»Ach ja.« Seine Schwester ließ sich auf das hellblau-weiß gestreifte Sofa von Jaspers Ferienwohnung fallen. »Echt schön hier. Ganz anders als bei dir zu Hause. So … normal.«
Er lehnte sich mit der Schulter gegen den Türrahmen. »Was ist mit unserem Strandspaziergang?«
Sie schaute aus dem Fenster und rümpfte die Nase. »Bei dem Wetter?«
Der Himmel über Frederstadt war von bleigrauen Wolken verhangen.
»Es gibt kein falsches Wetter«, dozierte Jasper. »Nur falsche Kle…«
»Da denkt man, man besucht seinen Superstar-Bruder, und trifft stattdessen einen Naturburschen mit Pu… äh, Bullenschiff.«
»Buddelschiff. Und es ist nicht meins. Es gehört den Hansens.«
Sie stand auf und wedelte mit der Hand durch die Luft. »Wie auch immer. Na schön, lass uns gehen. Je eher wir aufbrechen, desto eher sind wir wieder hier drin im Warmen.«
»Wenn du willst, mache ich uns dann noch einen Tee, bevor du fahren musst.«
»Tee?«, wiederholte Tilda fassungslos.
»Hier im Ort gibt es einen Teeladen. Die haben ganz tollen Ostfriesentee.«
»Warst du da? In dem Laden, meine ich.«
»Nee, Frau Hansen hat mir den Tee als Willkommensgeschenk in den Küchenschrank gestellt. Sie

macht auch die Einkäufe für mich. Aber ich dachte, vielleicht gehe ich da nächste Woche mal hin.«

Sie zog nur die Augenbrauen hoch, sagte aber nichts.

Jasper wusste ja selbst, dass das ziemlich riskant war. Das Ehepaar, dem die Ferienwohnung gehörte, schien ihn zwar zu kennen, machte aber nicht viel Aufhebens darum, dass seit ein paar Tagen Jasper Gode bei ihnen wohnte. So hatte er zumindest die Hoffnung, dass seine Anwesenheit sich noch nicht herumgesprochen hatte. Wenn er durch das Ortszentrum spazierte und in Geschäfte ging, sähe das sicher anders aus.

Sie gingen in den Flur und Tilda betrachtete eines der gerahmten Fotos an der Wand. Es zeigte die Steilküste im Schnee. Ziemlich genauso sah sie jetzt aus. Erst gestern hatte Jasper einen langen Spaziergang dorthin gemacht.

»Willst du dahin?«, fragte er.

»Sieht mir zu windig aus. Nächste Woche ist doch unser Fernsehauftritt.«

Tilda war Klarinettistin in einem Sinfonieorchester und lebte jeden Winter mit der ständigen Angst, sich zu erkälten. Erwartungsgemäß wickelte sie noch einen dicken Wollschal über den dünneren aus Stoff, den sie auch in der Ferienwohnung nicht abgelegt hatte.

Jasper verstand das. Als Sänger konnte er Erkältungen auch nicht gebrauchen. Tatsächlich war das sogar einer der Gründe, warum er jetzt hier war.

Natürlich nahm er sich nicht wegen einer bloßen Erkältung eine Auszeit von mehreren Wochen. Doch in den letzten zwei Jahren war er ständig krank gewesen. Auch wenn er gerade mal keinen Infekt gehabt hatte, hatte er sich seltsam gefühlt. Schlapp und ausgelaugt.

Eigentlich hatte er schon für letzten Sommer eine Pause geplant. Doch dann war ihm ein Angebot für eine Nebenrolle in der Krimiserie *Fall gelöst* angeboten worden, sodass er –

ironischerweise – wegen der Arbeit seine Auszeit verschoben hatte.
Tilda zog ihren Daunenmantel an und Jasper schlüpfte in die Winterjacke, die er sich extra für den Aufenthalt hier gekauft hatte.
Sie verließen die Ferienwohnung, dic zwar in einem Reetdachhaus mit mehreren Wohneinheiten lag, aber über einen eigenen Eingang verfügte, und bogen auf den Sandweg zum Strand ab.
Jasper streckte die Hand aus und strich über das hüfthohe Ufergras am Wegrand.
In letzter Zeit erwischte er sich immer öfter dabei, dass er grundlos irgendetwas anfasste. Wobei es eigentlich nicht grundlos war. Er wollte sich einfach versichern, dass seine Umwelt real war. Dass er selbst real war. Dass er eine Hand hatte, mit der er nicht wie ein Geist durch die Dinge um sich herum hindurchgriff. Denn so fühlte er sich: substanzlos. Als wäre er nicht echt. Eine bloße Erscheinung, die zwar in den Köpfen der Menschen existierte, aber nicht in der echten Welt.
Als sie den Deich erklommen hatten, schlug ihnen die eiskalte Winterluft entgegen, die der Wind vom Meer aus zu ihnen wehte. Sie roch nach Salz und Schnee und Freiheit. Etwas, das Jasper lange nicht mehr gespürt hatte.
So frei wie hier in Frederstadt hatte er sich das letzte Mal vor über zwei Jahren gefühlt. In dieser einen Nacht, auf die ein Morgen gefolgt war, den er noch jetzt manchmal bereute.
Er zog sich die Kapuze über den Kopf und steckte die Hände in die Taschen seiner Jacke. »Was sagst du?«
Mit großen Augen schaute Tilda über den breiten Sandstrand, der größtenteils unter einer weichen, weißen Decke verschwunden war. »Ist das schön hier.«
Er lächelte. »Ja, stimmt.«

Wie lange war es her, dass er etwas einfach nur schön gefunden hatte? Dass er überhaupt Zeit dazu gehabt hatte, seine Umwelt wahrzunehmen?
Jahrelang hatte Jasper fast nur in Hotels gelebt – jede Nacht in einem anderen. Seine Tage hatte er in Konzerthallen, mit Interviews und Fernsehauftritten verbracht, im Studio oder bei Fotoshootings.
Er spürte Tildas Seitenblick und die vielen Fragen, die sie ihm nicht stellte. Dafür war er dankbar. Sie wusste, dass er Zeit brauchte. Zeit, um all diese Fragen erst einmal für sich selbst zu beantworten. Was er wirklich wollte. Wie es weitergehen sollte. Und wer er eigentlich war.

***

»Aus dem Weg, aus dem Weg, aus dem Weg.«
Hendrik trat schnell einen Schritt zur Seite, um Liridon mit dem Tablett voller Kaffeebecher und Espressotassen durchzulassen.
Obwohl die Weihnachtsferien vorbei und die meisten Touristinnen und Touristen somit abgereist waren, hatte sie heute Morgen im Coffee Shop viel zu tun gehabt. Halb Frederstadt hatte bei dem eisigen Wetter auf dem Weg zur Arbeit anscheinend Lust auf ein heißes Getränk bekommen.
So waren sie erst dazu gekommen, die Spülmaschine anzuwerfen, als sich das schmutzige Geschirr schon im Waschbecken gestapelt hatte.
Liridon stellte das Tablett ab und Hendrik half ihm dabei, die Becher und Tassen auf die dunkelbraunen Regalbretter an der Rückwand der Theke zu räumen. Der Coffee Shop war in dunklen Tönen eingerichtet, aber nicht düster. Dafür sorgten schon die bodentiefen Fenster, durch die man den Rathausplatz und einen Teil der Sterngasse sehen konnte.

Seufzend stelle Liridon die letzte Tasse ins Regal und wandte sich dann Hendrik zu. »Bitte sag mir, dass das nicht dein Ernst ist«, sagte er und wies auf Hendriks Hosen.
Gegen seinen Willen musste dieser lachen. Sein Chef war eigentlich ein lieber Kerl. Hendrik arbeitete sehr gern für ihn. Nur in Sachen Mode gerieten sie manchmal aneinander. Wobei, eher geriet Liridon an Hendrik, der sich auf solche Debatten nicht einließ. Er hatte jedenfalls nicht vor, Liridons Ratschläge anzunehmen. Er wollte weder peppigere Farben tragen noch seinen Hintern besser zur Geltung bringen.
»Cordhosen?« Liridons Stimme überschlug sich.
Hendrik zuckte mit den Schultern.
»Hat deine Oma den Pullover selbst gestrickt?«
»Hat sie. Das war bestimmt verdammt viel Arbeit.«
»Ob sie sich die nicht besser gespart hätte?«
Hendrik verdrehte lachend die Augen. »Dein Outfit würde ich auch nicht tragen wollen.«
Heute hatte Liridon sich für knatschenge auberginefarbene Hosen und ein ebenso enges schwarzes Hemd entschieden.
»Ich mache eben das Beste aus meinem Typ.«
»Seit wann hast du einen Typen?«, versetzte Hendrik.
»Ich bin Single aus Überzeugung«, belehrte Liridon ihn. »Du weißt, wie ich das meine, oder? Ich liebe dich über alles. Nur deine *fashion choices* finde ich fragwürdig.«
Hendrik konnte nicht mal behaupten, dass er sich bewusst für seine Outfits entschied. Er zog morgens einfach das aus dem Schrank, was beim aktuellen Wetter am passendsten erschien. Zugegeben, er machte sich sehr wenig Gedanken über seine Kleidung. Aber das Thema war ihm einfach nicht wichtig. Er mochte, was er trug. Die Sachen waren bequem und … naja, sie waren halt bequem. Wer ihn in weniger auffälliger Kleidung nicht mochte, würde ihn auch nicht sympathischer finden, wenn er sich schick machte, oder?

Das kleine Glöckchen an der Tür ertönte und Liridon schloss für einen kurzen Moment die Augen. »Nicht schon wieder Kundschaft«, murmelte er.
Hendrik verbiss sich ein Grinsen. »Moin, Arne«, sagte er über Liridons Schulter hinweg zu ihrem Stammkunden, der gerade gefolgt von seinem Landseer Käpt'n hereinkam.
»Wie immer?«, fragte Hendrik.
»Ja, bitte. Moin zusammen.«
»Moin«, erwiderte Liridon und reichte Hendrik einen Kaffeebecher, den dieser in die Maschine stellte.
Arne trank immer Filterkaffee. Der war vollkommen unterschätzt, wenn man Hendrik fragte. Cappuccino, Caffè Latte und diverse andere Kaffeespezialitäten hatten natürlich ihre Daseinsberechtigung. Gut zubereitet schmeckten sie köstlich und es machte Hendrik immer viel Spaß, sich neue Kreationen auszudenken. Doch Filterkaffee war eben Kaffee pur. Nichts lenkte vom Geschmack des Kaffees ab. Wenn man Hendrik fragte, konnte kein noch so kunstvoll zubereiteter Milchschaum mit Herzchen oder was auch immer darüber hinwegtäuschen, dass der Kaffee nun einmal der Hauptbestandteil eines Kaffeegetränks war. Dessen Herkunft, die Verarbeitung und natürlich die richtige Zubereitung entschieden darüber, wie das fertige Getränk schmeckte.
Käpt'n hatte es sich bereits auf seinem Stammplatz gemütlich gemacht. Wenn Arne mit seinem Freund Max hier frühstücken kam, saßen die beiden immer an einem Zweiertisch in der Ecke, neben dem Käpt'n bequem Platz hatte. Von dort konnte er den Rathausplatz überblicken – wenn er nicht gerade vor sich hin döste.
Während Arnes Filterkaffee aus der Maschine tröpfelte, schnappte sich Hendrik den feuchten Lappen vom Haken und wischte über die Theke.
»Wo ist denn dein Herzblatt?«, erkundigte Liridon sich.

»Max ist auf einer Fortbildung.«
»Worum geht's da?«, fragte Hendrik und stellte Arne den großen Becher herrlich dampfenden Kaffees vor die Nase. »Möchtest du ein Croissant?«
»Nee, danke. Ich habe zu Hause schon gefrühstückt. Es geht um Osteopathie für Hunde und Katzen. Die Fortbildung ist in Utrecht. Hey, ist das nicht deine Heimat?«
»Doch, ist es.«
Hendrik war im vergangenen Sommer aus den Niederlanden nach Frederstadt gezogen. Er hatte schon länger mit dem Gedanken gespielt, wegzuziehen. Als er dann durch Zufall Liridons Stellenanzeige in den sozialen Netzwerken entdeckt hatte, war alles ganz schnell gegangen.
Hendrik war froh, dass er diese Entscheidung getroffen hatte. Er fühlte sich wohl in Frederstadt. Mit der Sprache hatte er keine Probleme, die hatte er bereits in der Schule gelernt und seitdem bei der Arbeit in Coffee Shops immer gebraucht. Die Kleinstadt an der Ostsee war idyllisch und die Einheimischen größtenteils sehr nett. Zugegeben, während der Urlaubszeit war mit den Touris schon sehr viel los auf den Straßen und am Strand. Doch jetzt, Mitte Januar, war nur eine Handvoll Urlauberinnen und Urlauber da. Die Weihnachtsferien waren vorbei und Frederstadt war still geworden. Ohne Weihnachtsmarkt, Festbeleuchtung und *Last Christmas*-Gedudel wirkte der Winter hier gleich ganz anders. Viel friedlicher und irgendwie stimmungsvoller.
»Hast du dich gut eingelebt?«, fragte Arne.
»Ich fühle mich schon fast wie zu Hause hier.«
»Er sagt ja sogar *moin«,* warf Liridon ein.
Arne trank einen Schluck von seinem Kaffee. »Köstlich«, seufzte er.
Hendrik lächelte. »Freut mich. Willst du noch eine neue Kreation von mir probieren? Unter anderem mit Kardamom.«

»Klingt gut. Aber leider wird das jetzt nichts. Ich muss zurück in die Praxis. Karl macht gleich eine Leberpunktion, da braucht er meine Hilfe. Ich komme in der Mittagspause noch mal vorbei, okay?«
»Klar, gern.«
Liridon zog die Augenbrauen hoch. »Habt ihr beiden jetzt etwa ein Date? Soll ich euch kurz allein lassen?«
»Nicht jeder denkt immer nur an das Eine, Chef«, neckte Hendrik.
Liridon schnaubte. »Du denkst jedenfalls nicht oft genug dran. Ich habe doch die Blicke gesehen, die dir die ganzen süßen Touris zugeworfen haben. *Trotz* … du weißt schon.« Er wedelte mit der Hand in Richtung von Hendriks Pullover.
»Dann muss es ja die wahre Liebe gewesen sein«, unkte Hendrik und machte sich daran, unnötigerweise die Zuckertüten in dem Glas auf dem Tresen zu sortieren.
Er hatte keine Lust mehr darauf, Männer kennenzulernen. Schließlich wurde man letztendlich doch enttäuscht. Eine kurze Affäre mit einem Urlauber, der nach einer oder zwei Wochen sowieso wieder abreisen würde, kam für ihn schon gar nicht in Frage. Schließlich wusste er, wie weh es tat, sich ganz schnell wieder verabschieden zu müssen. Wenn man denn überhaupt die Chance bekam, sich zu verabschieden …

***

Jasper klappte den Kragen seiner Jacke hoch. Mit der Zeit wurde es ihm draußen doch langsam zu kalt. Trotzdem wollte er noch nicht zurück in seine Ferienwohnung. Viel zu schön war es hier am Strand.
Das Rauschen der Wellen, das Knirschen des Schnees unter den Sohlen seiner Winterstiefel und das Krächzen der Möwen taten ihm gut, erdeten ihn. Direkt nach seiner Ankunft war

Jasper erstaunt gewesen, dass überhaupt Möwen hier waren. Er hatte geglaubt, sie würden den Winter in wärmeren Gefilden verbringen. Doch Frau Hansen hatte ihm erklärt, dass es Möwenarten gab, die auch im Winter an der Ostsee blieben.

Tilda war nur für den Vormittag zu Besuch gewesen. Sie war im Moment mit ihrem Orchester in Hamburg und hatte ein paar Stunden Zeit gehabt. Doch jetzt, bei seinem zweiten Spaziergang des heutigen Tages, war er wieder allein unterwegs.

Das störte ihn nicht. Im Gegenteil. Er hatte sich über den Besuch seiner Schwester gefreut, aber offen gestanden war er auch froh, dass er jetzt wieder seine Ruhe hatte.

Seit seinem Durchbruch vor inzwischen acht Jahren hatte er eigentlich ständig geredet. In den letzten zwei, drei Jahren war es noch mal hektischer geworden. Obwohl er Deutsch-Pop sang, hatte er auch international immer mehr Erfolg gehabt. So war er nicht mehr nur in Deutschland herumgereist, sondern in ganz Europa.

Nun hatte Jasper das Gefühl, alle Worte aufgebraucht zu haben. Was, wenn jeder Mensch für sein Leben nur eine bestimmte Menge Worte zugeteilt bekam und er diese Worte zu schnell verschwendete? Musste er dann den Rest seines Lebens schweigen?

Jaspers Gitarre schwieg jedenfalls schon. Es war Ewigkeiten her, dass er das letzte Mal einen Song geschrieben hatte. Dabei hatte er so viel, was er in die Musik hätte fließen lassen könnten. Doch es wollte einfach nicht aus ihm herauskommen.

Aber wozu auch? Es war ja nicht so, dass er seine eigenen Songs singen durfte. Seine Plattenfirma fand nämlich, die passten nicht zu ihm. Zu ernst, zu melancholisch, zu langweilig. Seine Fans wollten fröhliche Sachen hören,

Partysongs, Lieder über glückliche Lieben und ein glückliches Leben. Nichts, womit Jasper viel Erfahrung hatte.
Er war eine Zeit lang oft auf Partys gegangen. Zu oft sogar. Doch das war zu Beginn seiner Karriere gewesen. Liebe? Davon wusste er nichts. Bis auf … naja, das war doch keine Liebe gewesen. Oder? Lust. Leidenschaft. Vielleicht sogar ein bisschen Verknalltheit. Und Leben? Tja, er lebte. Aber das war doch nicht das echte Leben. Er existierte in einer Blase, die mit der Realität nicht viel zu tun.
»Käpt'n, nicht ins Wasser!«, hörte Jasper eine Männerstimme rufen.
Oje. Vor lauter Grübelei hatte er gar nicht mehr auf seine Umgebung geachtet. Was, wenn ihn jemand entdeckte, erkannte, an die Presse verriet?
Sein Herzschlag beschleunigte sich und Jasper sah sich um.
Ein riesiger schwarz-weißer Hund kam mit wehenden Ohren auf ihn zugerannt.
»Käpt'n, hier!« Einige Meter hinter dem Hund joggte ein großer, dunkelhaariger Mann ebenfalls in Jaspers Richtung.
Jasper musste grinsen und ging in die Hocke, um den Hund zu begrüßen, der begeisternd bellend um ihn herumsprang und ihm zwischendurch immer mal durchs Gesicht leckte.
»Käpt'n! Lass das.« Inzwischen war das Herrchen des Hundes ebenfalls bei ihnen angekommen und griff nach dessen Geschirr.
Jasper sah auf. »Kein Problem. Ich mag Hunde sehr.«
Der Mann sah ihn an. Blinzelte. Runzelte kurz die Stirn, dann lächelte er entschuldigend. »Tut mir wirklich leid. Normalerweise reagiert er sein Temperament im Wasser ab.«
Jasper richtete sich auf. Der Mann hatte ihn erkannt. Aber er sagte nichts dazu. Dafür war er dankbar. Doch das musste nicht bedeuten, dass er auch niemand anderem etwas erzählen würde.

Er war attraktiv, aber nicht Jaspers Typ. Außerdem war Jasper hier sicher nicht auf der Suche nach einer Liebschaft. Wenn er eines nicht gebrauchen konnte, waren das noch mehr Komplikationen.
»Bei den Temperaturen wäre das wohl weniger ratsam«, sagte er ein wenig steif.
Sein Gesprächspartner grinste und klipste eine Leine an Käpt'ns Geschirr. »Stimmt leider.«
Jasper streichelte über den Kopf mit dem weichen Fell. »Was ist das für ein Hund?«
»Ein Landseer. Er heißt Käpt'n. Aber das hast du sicher schon gehört.«
»War nicht zu überhören. Hallo Käpt'n. Ich bin Jasper.«
Käpt'n leckte über die hingehaltene Hand.
»Ich bin Arne«, sagte er Mann und nickte ihm freundlich zu.
»Freut mich.« Jasper schüttelte ihm die Hand. »Äh, das ist jetzt etwas unangenehm, aber …«
»Von mir erfährt niemand was. Versprochen.«
Irgendetwas sagte Jasper, dass er dem Fremden vertrauen konnte. »Danke. Wohnst du hier?«
»Ich bin ein waschechter Frederstädter«, erwiderte Arne stolz. »Du bist im Urlaub, oder?«
»Kann man so sagen. Ich bin ein bisschen auf dem Selbstfindungstrip.«
»Da gibt es nichts Besseres als das Meer. Und vielleicht einen guten Tee.«
»Den habe ich auch schon getrunken. Ostfriesentee von einem Laden hier im Ort.«
»Die Tees, die es dort gibt, sind wirklich toll.«
»Kaufst du oft da ein?«
»Muss ich gar nicht. Ich kriege die Tees geschenkt. Der Freund von dem Cousin von dem Freund des besten Freundes von meinem Freund ist … naja, ich kenne die Inhaber.«

Jasper biss sich auf die Unterlippe, um nicht laut loszulachen. »Klingt nach komplizierten Familienverhältnissen.«
Arne feixte. »Ja, ganz Frederstadt ist eine große Familie. Allerdings auch sehr klatschfreudig. Wenn du in den Teeladen gehen willst, dann am besten direkt morgens, wenn sie aufmachen. Den Coffee Shop am Rathausplatz kann ich aber auch empfehlen. Frag nach der neuen Kreation mit Kardamom. Die habe ich heute Mittag probiert. Allerdings solltest du da erst hin, wenn der morgendliche Ansturm vorbei ist.«
»Vielen Dank für die Tipps. Bist du Fremdenführer?«, scherzte Jasper.
Mit seinem muskulösen Körperbau sah Arne eher so aus, als arbeite er in der Kletterhalle, an der Jasper bei seinen Streifzügen die Küste entlang manchmal vorbeikam.
»Nein, tiermedizinischer Fachangestellter.«
»Macht dein Job dir Spaß?«
»Sehr viel Spaß. Und das liegt nicht nur daran, dass einer meiner beiden Chefs mein Freund ist.«
Jasper seufzte leise. Das klang so … schön. Unkompliziert. Normal.
Er zwang sich zu einem Lächeln. »Freut mich.«
»Und dein Job? Macht der dir Spaß?«
Jasper presste die Lippen aufeinander und schwieg. Er wusste, was er sagen musste. Doch er brachte es gerade einfach nicht über sich.
Arne räusperte sich. »Verstehe.«
»Sorry, ich …«
Er winkte ab. »Schon gut. Du musst dich nicht entschuldigen. Wir lassen dich dann auch wieder in Ruhe. Vielleicht sieht man sich ja noch mal am Strand.«
»Würde mich freuen«, erwiderte Jasper ehrlich.

In einem anderen Leben hätte er sich vielleicht mit Arne anfreunden können. In einem Leben, in dem er Zeit für Freundschaften hatte.
»Moin.«
Jasper lächelte über den norddeutschen Gruß. »Moin.«

***

Hendrik stellte die letzte Tulpe in die kleine Vase auf dem Tisch direkt neben der Theke.
In seiner Mittagspause war er ein bisschen durch die Innenstadt geschlendert und hatte auf dem Markt einen Bund gemischter Tulpen für den Coffee Shop gekauft.
Frische Blumen auf dem Tisch waren Pflicht für Liridon. Überhaupt hatte er ein Händchen für Einrichtung und Deko. Bewundernswert, fand Hendrik. Er war froh, dass er eine möblierte Ein-Zimmer-Wohnung gefunden hatte, sodass er sich um nichts hatte kümmern müssen.
Genauso wohl wie in seinem neuen Zuhause fühlte er sich im Coffee Shop mit den lilasamtenen Sofas, den niedrigen antiken Holztischen und dem unwiderstehlichen Kaffeeduft.
»Die ersten Frühlingsboten«, sagte Liridon und lehnte sich mit der Hüfte an die Theke. »Danke, dass du sie mitgebracht hast. Tulpen sind genau das Richtige, um solche düsteren Tage ein bisschen aufzuheitern.«
Hendrik folgte dem Blick seines Chefs aus dem Fenster. Der Himmel war grau und ehrlich gesagt war das auch die Stadt. So gefiel es Hendrik.
Er hörte das Schmunzeln in Liridons Stimme, als dieser sagte: »Ich weiß, du magst solches Wetter. Du bist sehr melancholisch, weißt du das?«

Hendrik errötete und zuckte mit den Schultern. Tatsächlich hörte er das nicht zum ersten Mal. Doch nicht jeder fand das so okay wie Liridon.

In der Schule hatte Hendrik immer als seltsam gegolten. Auch bei seinen vorherigen Jobs hatte er sich ein bisschen fehl am Platz gefühlt. Für die meisten Baristas war das nur ein Job, mit dem sie sich das Studium finanzierten oder ein bisschen Geld zwischendurch verdienten. Für Hendrik hingegen war Kaffee eine Leidenschaft. Vermutlich war es tatsächlich etwas ungewöhnlich, wie viel Platz Kaffee in seinem Leben einnahm. Er bereitete ihn hauptberuflich zu, beschäftigte sich aber auch in seiner Freizeit mit neuen Rezepten, Zubereitungsmethoden, Sorten, Verarbeitungstechniken …

Umso glücklicher war er gewesen, als er den Job hier bekommen hatte. Wenn es um Kaffee ging, war Liridon mindestens so enthusiastisch wie Hendrik. Er hatte lange nach jemandem gesucht, der in seinen neu eröffneten Coffee Shop passte, und ihn nach zwei Minuten Videochat eingestellt.

Hendrik seufzte und ging um die Theke herum. »Ist die Spülmaschine schon fertig?«

»Nee. Ich habe diesmal das Eco-Programm eingeschaltet.«

Hendrik nickte, zog die Hände in die Ärmel seines Pullovers und verschränkte die Arme vor der Brust. Für diese Angewohnheit war er früher auch oft aufgezogen worden. *Als ob du dich verkriechen wolltest.* Aber genau das wollte er manchmal. So gern er über Kaffee redete – die vielen Gespräche mit Fremden strengten ihn auch an. Er brauchte Zeit für sich, war eigentlich nicht sonderlich kontaktfreudig.

So wohl er sich auch in Frederstadt fühlte – Freundschaften hatte er hier noch nicht geschlossen. Er verstand sich gut mit Liridon, war mit einigen netten Leuten bekannt. Aber befreundet? Nein, das war er wohl mit niemandem von ihnen.

Arne wäre vielleicht ein geeigneter Kandidat. Doch wie sollte Hendrik es anstellen, sich mit ihm anzufreunden? Er hatte keine Übung darin, auf Menschen zuzugehen. Arne sollte ja auch nicht denken, dass er ihn anbaggern wollte.

»Magst du mir verraten, worüber du nachdenkst?«

Hendrik verzog das Gesicht. »Weshalb es so schwierig ist, Freundschaften zu schließen. Für mich jedenfalls.«

Liridon war zwar ebenfalls neu in Frederstadt, aber er hatte schnell Anschluss gefunden. Ralf und Jonte, denen der Teeladen gehörte, zählten zum Beispiel schon zu seinen Freunden.

Sein Chef sah ihn nachdenklich an. »Danke, dass du so ehrlich bist. Darf ich auch ehrlich sein?«

Hendrik schluckte und nickte. Was kam denn jetzt? Würde Liridon ihm sagen, dass er nun mal nicht sympathisch genug war, um Leute an einer Freundschaft mit ihm zu interessieren?

»Ich glaube, du bist zu kritisch mit dir selbst. Du gehst davon aus, dass es nicht klappt, und versuchst es gar nicht erst.«

Hendrik presste die Lippen aufeinander und schwieg. Das einzige Geräusch, das zu hören war, war die leise Jazz-Musik im Hintergrund.

»Hm«, machte er schließlich.

Vielleicht hatte Liridon recht. Aber das half ihm auch nicht weiter. Hendrik *wollte* Leute kennenlernen, Freundschaften schließen. Doch …

»Hast du Angst?«, riss ihn Liridon aus seinen Gedanken.

Er atmete einmal tief durch. »Vor einiger Zeit habe ich jemanden kennengelernt. Einen Mann. Es war … nicht für eine Freundschaft.«

»Okay. Was ist passiert?«

»Ich habe damals bei einer Coffee Shop-Kette in Utrecht gearbeitet. Nebenan war ein Hotel. Einer der Gäste hat sich bei uns einen Kaffee geholt. Julian, ein Deutscher. Wir haben uns unterhalten und …« Hendrik spürte, dass seine Wangen brannten. »Er hat mich gefragt, ob ich später auf sein Hotelzimmer kommen will. Ich habe ja gesagt.«

Liridon zog die Augenbrauen hoch. »Das erscheint mir etwas … untypisch für dich.«

Hendrik lachte bitter. »War es auch. Ich hätte es nicht machen dürfen. Eigentlich bin ich nur hingegangen, um zu reden. So hatte er die Einladung auch formuliert. Ich habe bloß zugesagt, weil ich ihn so nett fand. Aber dann … naja …«

Liridons Mundwinkel zuckten. »Ich kann es mir vorstellen. War es nicht schön?«

»Doch. Doch, es war … schön«, erwiderte Hendrik.

Seine Stimme klang seltsam. Vielleicht weil *schön* nicht das richtige Wort war. Atemberaubend. Lebensverändernd war die Nacht mit dem Unbekannten gewesen. Nie hatte Hendrik sich so wohl in seiner Haut gefühlt wie im Bett mit Julian.

»Wie ging es weiter?«

»Am nächsten Morgen war er weg.«

»Wie, weg? Einfach so?«

Hendrik nickte und straffte die Schultern. »So ist das eben manchmal.« Er hatte sich um einen unbeschwerten Tonfall bemüht und war kläglich gescheitert.

Liridon streichelte ihm über den Arm. »Das tut mir leid.«

»Danke.«

Hendrik hatte lange damit zu kämpfen gehabt. Warum war Julian gegangen? Hatte er es von Anfang an nur auf Sex abgesehen gehabt? Oder hatte Hendrik etwas falsch gemacht? War er zu unattraktiv? Sein Körper zu normal, zu durchschnittlich? War er womöglich ein schlechter Liebhaber? Zugegeben, er hatte nicht so viel Erfahrung wie die meisten in ihrem Alter. Aber er hatte zumindest das Gefühl gehabt, dass es Julian mit ihm gefallen hatte.

»Hast du versucht, ihn ausfindig zu machen?«
»Ich habe ihn in den sozialen Netzwerken gesucht«, gab Hendrik zu. »Aber es gibt einfach zu viele Julians in Deutschland.«
»Bist du deshalb nach Deutschland gekommen? Weil du hoffst, ihn zu finden?«
»Nein«, erwiderte Hendrik wahrheitsgemäß. »Ich bin hier, weil ich einen Neuanfang wollte. Nicht nur seinetwegen. Ich meine, das war ja nur eine Nacht.« Auch wenn ihm diese Nacht verdammt viel bedeutet hatte. »Ich hatte einfach das Gefühl, dass es Zeit für ein neues Kapitel in meinem Leben war. Das Schlimmste, was mir jetzt passieren könnte, wäre, ihm über den Weg zu laufen.«

## Kapitel 2

Jasper atmete einmal tief durch und straffte die Schultern. Er wollte sich doch einfach nur einen Kaffee holen. Weshalb war er so nervös?
Bei seiner Stadiontour war er jeden Abend vor gut fünfzigtausend Leuten aufgetreten und hatte sie zwei Stunden lang bespaßt. Da konnte es doch nicht so schwierig sein, *einen Cappuccino zum Mitnehmen, bitte* zu sagen. Die neue Kreation mit Kardamom, die Arne ihm empfohlen hatte, würde er ein andermal probieren. Heute war ihm nach etwas, das er bereits kannte.
Reiß dich zusammen, schalt er sich selbst und überquerte mit gesenktem Kopf den Rathausplatz.
Er war Arnes Rat gefolgt und früh aufgebrochen. Im Internet hatte er nach den Öffnungszeiten des Teegeschäfts und des Coffee Shops geschaut. Glücklicherweise war bei den Suchergebnissen auch angezeigt worden, wann die Läden am besten besucht waren.
So war Jasper gegen halb neun an seiner Ferienwohnung aufgebrochen, eine Runde am Strand gegangen und hatte sich dann ins Zentrum von Frederstadt gewagt. Gerade verließ jemand den Coffee Shop, sonst waren keine Gäste mehr drinnen zu sehen.
Kaum zu fassen, wie sehr sich Jaspers jetziges Leben von dem unterschied, was er die letzten Jahre erlebt hatte. Jasper war im Musikbusiness erwachsen geworden, ohne erwachsen zu werden. Selbst die Einkaufsliste für Frau Hansen zu schreiben hatte er erst ein bisschen üben müssen. Hätte seine Vermieterin nicht mitgedacht, hätte er in der ersten Woche von Chips, Cola und mit Schokolade überzogenen Reiswaffeln leben gemusst. Das war alles, was er

aufgeschrieben hatte. Weil er daran gewöhnt war, dass alles Sonstige dank seiner Haushälterin sowieso da war.
Ehe er es sich noch einmal anders überlegen konnte, stieß Jasper die Tür zum Coffee Shop auf. Sofort schlug ihm der Duft von Kaffee und Croissants entgegen. Hier drin war es mindestens zwanzig Grad wärmer als draußen. Er öffnete den Reißverschluss seiner Jacke.
Hinter der Theke stand ein Mann in Jaspers Alter. Er war sehr schlank und so schick angezogen, als hätte er einen Auftritt mit Tildas Orchester. Sein Haar war perfekter frisiert als Jaspers vor einem Fernsehinterview – und irgendetwas sagte Jasper, dass er sich darum allein gekümmert und sich nicht auf seinen Stylisten verlassen hatte.
»Moin«, sagte der Barista und lächelte ihm freundlich zu.
»Moin«, murmelte Jasper.
»Was darf ich dir zubereiten?«
Jasper betrachtete die belegten Croissants in der Auslage, um dem Mann nicht in die Augen sehen zu müssen.
Er hatte sich bewusst dafür entschieden, herzukommen. Schließlich wollte er sich nicht ewig verstecken. Doch nun, da er hier war, zweifelte er daran, dass das eine gute Idee gewesen war. Wenn ihn jemand an die Presse verriet, wäre es mit seiner Ruhe hier vorbei.
»Oder möchtest du nur ein Croissant?«
Jasper räusperte sich. Er konnte mit seiner Stimme umgehen. Seit seinem neunten Lebensjahr bekam er Gesangsunterricht. Da war es sehr unwahrscheinlich, dass er ausgerechnet jetzt kein Wort herausbringen würde.
»Einen Cappuccino zum Mitnehmen, bitte«, sagte er und war ein wenig froh darüber, dass seine Stimme so fremd klang. Falls der Barista sie aus dem Radio oder dem Netz kannte, würde er ihn daran sicherlich nicht erkennen.
»Sehr gern. Mit Sirup?«

Jasper schüttelte den Kopf.
Der Barista grinste ihn an. »Gute Entscheidung.« Auf Jaspers überraschten Blick hin fügte er hinzu: »Unser Sirup ist echt lecker. Aber Kaffee mit Sirup ist doch irgendwie kein Kaffee, oder?«
Diesmal war Jaspers Lächeln echt. »Meine …«, *Managerin* hätte er beinahe gesagt, »Kollegin mischt immer so viel Sirup in ihren Kaffee, das sie nach dem Umrühren kaum den Löffel rausbekommt.«
Na also. Ein ganz normaler Satz. Eine Anekdote sogar. Seine sozialen Fähigkeiten waren also noch nicht ganz in der Versenkung verschwunden.
Der Barista erschauerte sichtlich und machte sich an der großen silberglänzenden Maschine zu schaffen. »Kakaopulver?«
»Verstößt das nicht gegen das Reinheitsgebot?«
Der Barista lachte. »Nur in größeren Mengen.«
Hinter der Theke stand eine Tür offen. Dahinter war Geschirrklappern zu hören.
Der Barista drehte sich um und rief: »Alles okay?«
Er bekam keine Antwort.
»Sekunde, bitte.« Er verließ seinen Platz an der Kaffeemaschine und verschwand kurz im Hinterzimmer. Wenige Augenblicke später war er wieder da, warf aber mit gerunzelter Stirn noch einen Blick über seine Schulter zurück. »Kakaopulver ja oder nein?«
»Ja, bitte. Aber nur wenig.«
Der Mann streute Kakaopulver aus einem Spender über den perfekt gelungenen Milchschaum. »Voilà.«

***

Das konnte nicht sein. Natürlich war es vollkommen unmöglich. Gut, nicht *vollkommen* unmöglich. Aber ziemlich. Ziemlich sehr.
Hendrik schnappte nach Luft und drückte sich erschrocken die Hand auf den Mund. Wenn er ihn hörte, dann … ja, was dann? Er konnte überhaupt nicht mehr klar denken.
War es denn nun unmöglich, dass Julian gerade bei Liridon einen Cappuccino zum Mitnehmen bestellt hatte, oder nicht?
Hendrik nahm die Hand vom Mund und zwang sich, einen tiefen Atemzug zu nehmen.
So. Ganz ruhig jetzt. Er war erwachsen. Nur weil zufällig der Typ im Coffee Shop aufgetaucht war, der ihm vor über zwei Jahren nahezu das Herz gebrochen hatte, musste er nicht so reagieren. Was hatte er mit diesem Julian zu tun? Der interessierte ihn doch gar nicht mehr.
Und überhaupt, das Herz gebrochen. Sie hatten einen One-Night-Stand gehabt. Auch wenn Hendrik das erst im Nachhinein erfahren hatte. Vielleicht war es auch eher ein Half-Night-Stand gewesen. Schließlich wusste er nicht einmal, wann genau Julian sich aus dem Hotelzimmer geschlichen hatte.
Er schluckte. Ihm war heiß und kalt gleichzeitig, außerdem war ihm schlecht und schwindlig … Hendrik schloss die Augen.
Weshalb warf ihn das so aus der Bahn? Er war es ja nicht einmal selbst, der Julian bediente. Er hatte bloß dessen Stimme gehört. Hendrik war sich ganz sicher, dass es Julian war. Dessen Stimme hätte er überall erkannt. Vermutlich sogar, wenn er sie im Radio gehört hätte.
Nicht dass er jemals Radio hörte. Die Musik, die da lief, fand er schrecklich. Hendrik hörte lieber ältere Songs; vor allem die Musik aus den 70ern hatte es ihm angetan.
»Macht drei Euro fünfzig, bitte«, hörte er Liridon sagen.

Sen Chef hielt ihn jetzt vermutlich für verrückt. Ein Glück, dass es Hendrik gelungen war, ihn abzuwimmeln, nachdem ihm vor Schreck der Teller auf die Arbeitsfläche im Hinterzimmer gefallen war. Hätte Liridon Aufhebens darum gemacht, wäre nachher auch Julian gucken gekommen.
»Stimmt so«, sagte dieser gerade.
»Danke schön. Bis zum nächsten Mal.«
»Bis bald«, erwiderte Julian.
Oh nein. Er hatte also vor, wiederzukommen?
Das Türglöckchen klingelte und im nächsten Augenblick tauchte Liridon im Türrahmen auf.
»Was ist los?«, fragte er.
Hendrik presste die Lippen aufeinander und schüttelte den Kopf.
Es war ihm ja noch nicht einmal gelungen, seine eigenen Gedanken zu entwirren. Wie sollte er dann seinem Chef erklären, was passiert war?
»Du bist ganz blass. Setz dich mal hin.« Liridon nötigte ihn auf einen der beiden Stühle in ihrer Pausenecke. »Was kann ich dir Gutes tun? Was brauchst du? Koffein- oder Zuckerschock?« Er schien sich seine Frage selbst zu beantworten und ging zum Kühlschrank.
»Ich möchte nichts. Mir geht's gut«, protestierte Hendrik wenig überzeugend.
Liridon warf ihm nur einen strengen Blick zu und nahm eine der Aufbewahrungsboxen mit den Creme-Cupcakes heraus. »Karamell oder Schoko?«
»Schoko.«
Liridon nahm einen Cupcake heraus, stellte ihn auf einen Teller und brachte ihn Hendrik.
»Danke schön.« Hendrik biss zaghaft hinein, aber er schmeckte weder die köstliche Schokocreme noch den fluffigen Teig.

Liridon stellte die Box zurück in den Kühlschrank und setzte sich dann zu Hendrik. »Hast du vor, mir zu erzählen, warum du auf einmal so komisch bist?«
Hendrik schluckte den Bissen hinunter. »Der Kunde gerade.«
»Ja?«
»Das war Julian.«
Liridon runzelte die Stirn. »Bist du sicher?«
»Ganz sicher.«
»Hast du ihn denn überhaupt gesehen?«
»Nein. Aber ich habe seine Stimme gehört.«
»Mir kam die auch irgendwie bekannt vor. Genau wie sein Gesicht. Keine Ahnung. Er muss ja hier wohnen. Die Touris sind doch jetzt alle weg.«
Hendriks Herz schlug einen Salto. Daran hatte er noch gar nicht gedacht. Es war tatsächlich unwahrscheinlich, dass Julian jetzt hier im Urlaub war. Umso schlimmer. Dann war die Gefahr noch größer, dass sie einander wieder begegneten. Doch warum hatte er ihn noch nie hier gesehen? Hendrik war sich ziemlich sicher, dass er allen Einheimischen zumindest schon mal über den Weg gelaufen war.
»Das kann nicht sein«, rief er erleichterter, als es angebracht war.
»Wieso?«
»Er ist Börsenmakler.«
»Okay. Und?«
»Na, er wird wohl kaum von Frederstadt aus arbeiten, oder? Als Börsenmakler wohnt man doch in … keine Ahnung. Frankfurt?«
»Stimmt. Aber trotzdem. Woher kenne ich ihn dann?«
»Bitte sag mir nicht, dass du auch einen One-Night-Stand mit ihm hattest«, murmelte Hendrik.
Liridon tickte in der Hinsicht ganz anders als er. Seinem Chef war unverbindlicher Spaß wichtiger als eine feste Bindung.

»Daran würde ich mich erinnern«, versetzte Liridon und zwinkerte ihm zu. »Ganz schön heiß, dein Julian.«

»Viel Glück.«

»Hey. Ich habe nicht vor, mit dem Typen ins Bett zu gehen, der dich so unglücklich gemacht hat. Bist du dir denn ganz sicher, dass er es war? Ich meine, das ist lange her.«

»Ich bin ganz sicher.«

Hendrik hörte Julians Stimme noch immer manchmal in seinem Ohr. Wie er von den vielen Reisen erzählte, die er wegen seines Jobs machen musste. Wie er über eine Bemerkung von Hendrik lachte. Wie er leise seufzte. Wie er Hendriks Namen stöhnte.

»Wenn er noch mal hier auftaucht, mische ich ihm Sirup in den Kaffee«, versprach Liridon und schob den Teller mit dem Cupcake näher zu Hendrik. »Nun iss schon. Schokolade ist das beste Mittel gegen blöde Verflossene.«

***

»Hat Käpt'n in letzter Zeit zu wenig zu fressen bekommen?«

Arne drehte sich grinsend zu Jasper um. »Du hast mich erwischt.«

Jasper ging in die Hocke, um den kleinen Hund mit dem wuscheligen rotblonden Fell zu begrüßen, der ihm gerade mal bis zur Mitte der Wade ging. »Hey. Wer bist du denn?«, fragte er und streichelte ihm über den Rücken, der von einem grauen Steppmantel bedeckt war.

»Das ist Fritz. Sein Frauchen hat sich den Fuß gebrochen und kann ihn im Moment nur in den Garten lassen. Normalerweise machen Max und Karl dann Hausbesuche, aber heute musste Fritz geröntgt werden. Ich habe ihn vorhin abgeholt und jetzt bringe ich ihn nach Hause.«

Jasper richtete sich wieder auf. »Oh. Hoffentlich nichts Schlimmes?«
Arne lächelte. »Nein, zum Glück nicht. Alles in Ordnung. Mehr darf ich leider nicht sagen. Das eigentlich auch schon nicht.«
»Verstehe. Diskretion ist mir auch sehr wichtig.«
Arne lachte und wies auf den Pappbecher in Jaspers Hand. »Schmeckt's?«
»Ja, guter Tipp, danke. Im Teeladen war ich auch.« Er hielt die Tüte hoch.
»Cool. Was hast du gekauft?«
»Nachschub von der Ostfriesenmischung, die ich schon kannte, und irgendwas mit Winter und Früchten und Gewürzen. Keine Ahnung. Hat aber gut gerochen.«
»Ich weiß, welchen du meinst, aber nicht mehr, wie er heißt. *Kaminabend* oder *Bärenfell* oder so.«
»Muss ich sonst noch was hier erlebt haben? Außer Kaffee und Tee getrunken zu haben, meine ich.«
Arne zuckte mit den Schultern. »Den Strand hast du auch schon gesehen. Ich fürchte, mehr gibt's hier nicht«, scherzte er. »Nee, mal im Ernst. Ich kann dir noch den Süßigkeitenladen empfehlen.«
»Gehört der auch dem Cousin von jemandem?«
Arne lachte. »Ja, tatsächlich, Hauke hat auch einen Cousin. Und er ist der Freund von meinem anderen Chef.«
»Oh. Gleich viel weniger kompliziert.«
»Die weiße Himbeerschokolade musst du probieren. Und die Karamellbonbons. Ansonsten könntest du noch in die Kletterhalle. Um die Jahreszeit ist da vormittags auch nie viel los. Frag nach Costin.«
»Gibt es irgendjemanden hier, den du nicht kennst?«
»Nee, eigentlich nicht. Selbst diejenigen, die neu zugezogen sind, lernt man ziemlich schnell kennen. Zum Beispiel die

Jungs aus dem Coffee Shop, Liridon und …« Arne verstummte und zog sein klingelndes Handy aus der Hosentasche. »Sorry, da muss ich rangehen. Das ist die Praxis.«

»Verstehe. Kein Problem. Bis dann. Ich meine, moin.«

»Moin«, antwortete Arne und sagte es dann gleich noch mal, als er sich meldete.

Jasper streichelte Fritz zum Abschied, dann ging er weiter, damit Arne nicht das Gefühl hatte, er wollte das Telefonat mithören.

Er spazierte die kopfsteingepflasterte Straße entlang und schaute sich über den Kragen seiner Jacke hinweg um. Schön war es hier in Frederstadt. Idyllisch und ruhig. Jedenfalls jetzt, wo kaum Urlauberinnen und Urlauber da waren. Am liebsten wäre Jasper für immer hier geblieben. Aber war das möglich? Er wusste noch nicht, was er ändern wollte. Doch eines stand fest: Er wollte weiterhin Musik machen.

Er wollte singen, Songs schreiben und, ja, auch auf der Bühne stehen. Die Konzerte waren lange das Schönste an seinem Job gewesen. Bis er irgendwann gar nichts mehr schön gefunden hatte.

Jasper folgte dem Salzgeruch weiter die Straße entlang in die Richtung, von der er wusste, dass dort das Meer war.

Der Himmel war heute nicht mehr grau, sondern blassblau und die Sonne schien weich und sanft auf die bunten Häuschen der Frederstädter Innenstadt. Nicht alle hatten ein Reetdach, aber sie alle verströmten das maritime Flair, das Jasper in der Zeit, die er bereits hier verbracht hatte, schon lieben gelernt hatte.

Seltsam. Es fühlte sich nicht wie Urlaub an, nicht wie eine Auszeit. Eher wie Nachhausekommen. Dabei war er in Würzburg geboren und lebte in Köln. Frederstadt war doch ganz anders.

Inzwischen hatte Jasper die Strandpromenade erreicht, überquerte sie und kletterte über die halbhohe Mauer an den Strand.
Am Meeressaum gingen ein paar Leute entlang, doch sie waren weit genug weg.
Er zog seine Jacke hinunter, sodass sie seinen Po bedeckte, und setzte sich in den Schnee.
Der letzte Rest Cappuccino in seinem Becher duftete sogar durch die kleine Trinköffnung im Deckel hindurch verführerisch.
*Kaffeeduft und Salzgeruch. Winter liegt in der Luft. Ich glaub', ich bleibe einfach hier. Auf der Suche nach mir.*
Vor Schreck ließ Jasper den Pappbecher und die Tüte fallen. Hektisch pfriemelte er den Reißverschluss seiner Jacke auf, zog das kleine Notizbuch und den Bleistift aus der Innentasche.
Seit seiner Teenagerzeit trug er immer etwas zum Schreiben mit sich herum. Um Melodien festzuhalten, machte er inzwischen unterwegs immer Tonaufnahmen mit seinem Handy. Doch Texte musste er handschriftlich festhalten.
Er blätterte zu einer leeren Seite. Der letzte Eintrag war aus dem August. Nicht einmal eine Zeile, einfach nur eine Idee. Ein Wunsch, vielmehr: *Freiheit.*
Jasper tat einen tiefen Atemzug und schrieb los.

***

Seufzend schloss Hendrik das Buch, das er eigentlich lesen wollte, und legte es neben sich auf die Fensterbank, die er zu einem gemütlichen Leseplatz umfunktioniert hatte.
Eine Wohnung mit Meerblick konnte er sich zwar leider nicht leisten, aber immerhin konnte er von seinem Wohnzimmer

aus den Kurpark mit dem Musikpavillon im Jugendstil und dem kleinen Teich sehen.
Eigentlich war ihm nach Feierabend eher nach einem Spaziergang gewesen. Trotzdem war er auf schnellstem Weg nach Hause gegangen. Immerhin bestand die Gefahr, dass er Julian begegnete.
Hendrik war klar, dass er sich nicht ewig verstecken konnte. Er würde das auch nicht immer so machen. Doch erst musste er sich an den Gedanken gewöhnen. Sich mental darauf vorbereiten, Julian jederzeit ohne jegliche Vorwarnung über den Weg laufen zu können.
Was sollte er tun, wenn sie sich begegneten? Würde Julian ihn überhaupt erkennen? Gab es für solche Situationen einen Verhaltenskodex? Schüttelte man sich die Hände und wünschte einander alles Gute für die Zukunft?
Himmel, wie konnte es ihn so aus der Bahn werfen, lediglich die Stimme von jemandem zu hören? Sie hatten eine Nacht miteinander verbracht, mehr nicht.
Aber er hatte es Liridon ja kurz zuvor noch gesagt: Er wollte Julian auf keinen Fall wieder begegnen.
So lange hatte er daran zu knapsen gehabt, dass Julian ihn einfach, nun ja, verlassen hatte. Viel zu lang. Hendrik war für einen Neuanfang hergekommen und prompt tauchte er hier auf. Das war nicht fair.
Er lehnte den Kopf gegen die eiskalte Fensterscheibe. Vereinzelte Flocken rieselten vom Himmel und gesellten sich zu dem Schnee auf dem Boden. Wenn Hendrik morgen früh zum Coffee Shop ging, würde der gefrorene Schnee unter seinen Schuhen knirschen und seine Wangen vor Kälte brennen. Eigentlich freute er sich am Vorabend schon auf den Weg zur Arbeit, vor allem jetzt im Winter. Dann war noch niemand unterwegs und Hendrik hatte das Gefühl, das Frederstädter Winterparadies ganz für sich allein zu haben.

Woher Julian Liridon wohl bekannt vorkam? Seltsam war das alles.
Hendrik schnappte sich sein Smartphone und öffnete eine seiner Social Media-Apps. Wenn er sich schon nicht auf sein Kaffeebuch konzentrieren konnte, dann ließ er sich eben ein bisschen berieseln. Alles war besser, als über Julian nachzudenken.
Ganz oben in seinem Feed tauchte ein Foto auf, das seine Mutter Cornelia gepostet hatte. Sie war Altenpflegerin und dokumentierte im Netz ihren Arbeitsalltag. Natürlich zeigte sie nur diejenigen älteren Menschen, die geistig fit genug waren, zuzustimmen. Heute hatte sie ein Bild von dem Kaffeetisch gepostet, den sie und ihre Kolleginnen für eine Dame zu deren neunzigstem Geburtstag gedeckt hatten, inklusive Torte.
Hendrik hinterließ ein Like bei dem Bild und scrollte weiter. Er folgte einigen Familienmitgliedern und Bekannten aus Utrecht, aber natürlich auch Accounts, bei denen sich alles um das Thema Kaffee drehte.
Er war gerade dabei, eine Kurzrezension über eine neue Siebträgermaschine zu lesen – das Nachfolgemodell von dem in Liridons Coffee Shop –, als der Bildschirm erst schwarz wurde und dann ein Porträtfoto von seiner Mutter erschien.
*»Dag mams«,* meldete er sich und zwang sich, fröhlich zu klingen.
*»Is er iets aan de hand?«*
Natürlich. Cornelia konnte er nichts vormachen. Er hatte schon damit gerechnet, dass sie fragen würde, ob etwas nicht stimmte.
Hendrik seufzte. »Kannst du nicht zumindest so tun, als wäre ich ein guter Schauspieler?«, fragte er auf Niederländisch.
*»Schatje,* ich will dich doch nicht anlügen«, versetzte sie. Die Wärme in ihrer Stimme tat ihm gut. »Was ist los?«

»Erinnerst du dich noch an den Typen, den ich vor zwei Jahren kennengelernt habe?«
»Natürlich. Das Arschloch.«
»Er ist hier.«
»Hier? Wie, hier? Wo genau?«
»In Frederstadt. Er war heute Morgen im Laden und hat sich einen Cappuccino geholt.«
»Lebt er noch?«
Gegen seinen Willen musste Hendrik lachen. »Ich habe ihn gar nicht bedient, das hat Liridon gemacht.«
»Und?«
»Nichts und. Ich habe mich versteckt; er hat mich nicht gesehen.«
Cornelia seufzte. »Meinst du, er kommt wieder?«
»Wenn er etwas von Kaffee versteht. Was meinst du, wie soll ich mich verhalten, wenn ich ihn bedienen muss?«
»Ganz normal. Tu so, als wäre nichts.«
»Als ob ich ihn gar nicht erkenne, meinst du?«
»Das ist Ewigkeiten her. Du kannst doch seitdem zig viel tollere Männer kennengelernt haben.«
»Ich habe keinen einzigen kennengelernt.«
»Das weiß der doch nicht. Ein kleiner Dämpfer für sein Ego kann nicht schaden.«
»Es kann ja sein, dass er sich nicht mal an mich erinnert«, erwiderte Hendrik und schluckte bei der Vorstellung.
Wie entwürdigend. Das wäre noch schlimmer, als nach so einer Nacht ohne Julians warmen, starken Körper neben sich aufzuwachen.

## Kapitel 3

Die Leute, die Jasper im Netz folgten, gingen vermutlich davon aus, dass er einen Großteil seiner Zeit damit verbrachte, Songs zu schreiben. Er postete ja oft genug Fotos von dem Notizbuch, das seine Fans schon gut kannten.
Auch jetzt lud er wieder einen Schnappschuss hoch, auf dem es gut zu sehen war. Es lag auf dem Sofa, an dem Jaspers Gitarre lehnte. Dazu hatte er noch einen kurzen Text geschrieben und ein paar Symbole hinzugefügt: einen Notenschlüssel, ein Mikrofon, eine Gitarre. *#fleißig* stand auch noch dabei.
Jasper postete das Bild und verdrehte über sich selbst die Augen. Er hatte die Nase voll von diesem Getue. Am liebsten hätte er sich ganz aus dem Netz verabschiedet. Die Bilder und Posts, die angeblich einen Einblick in sein Privatleben bieten sollten, waren größtenteils gestellt. Allein schon dass er suggerierte, die Songs, die er sang, seien von ihm, war eine Frechheit. Gut, er stand immer mit als Autor im Kleingedruckten. Aber das lag nur daran, dass er hier mal ein Wort änderte, dort zwei Zeilen gegeneinander tauschte.
Seufzend steckte er das Handy ein und zog seine Winterjacke über. Bevor er ging, trank er noch den letzten Schluck von dem Ostfriesentee, den er sich vorhin zubereitet hatte. Er stellte die leere Tasse in die Spüle und verließ die Ferienwohnung.
Nachdem es gestern so gut gelaufen war, wollte er auch heute wieder ins Zentrum gehen. Arnes Empfehlung von dem Süßwarenladen klang gut, außerdem wollte er den Kardamom-Kaffee probieren.
Jasper kniff die Augen gegen die Sonne zusammen, die sich in den Butzenscheiben des Hauses spiegelte, an dem er gerade vorbeiging.

Er bog einmal links ab, zweimal rechts, dann war er schon auf dem Rathausplatz. Es war wieder wenig los. Zwei ältere Herren standen neben einer Litfaßsäule und unterhielten sich auf Plattdeutsch. Jasper verstand kein Wort.
Er überquerte den Platz und stieß die Tür zum Coffee Shop auf. Es duftete wieder so gut.
Diesmal stand ein anderer Barista hinter der Theke und unterhielt sich angeregt mit einem Kunden. Jasper blieb auf der Fußmatte stehen und betrachtete den Mann, der so gekonnt an der Kaffeemaschine herumfuhrwerkte. Er konnte ihn nur im Profil sehen, aber irgendetwas sorgte dafür, dass sich Jaspers Herzschlag beschleunigte.
Der Barista war etwa Mitte zwanzig, also in Jaspers Alter. Sein beigefarbener Strickpulli sah so flauschig aus, dass Jasper ihm am liebsten über den Arm gestrichen hätte.
Der Kunde sagte etwas und der Barista lachte. Gleichzeitig drehte er den Kopf, sodass Jasper jetzt sein Gesicht erkennen konnte. Ihre Blicke trafen sich und sie beide erstarrten gleichzeitig.
Hendriks Augen weiteten sich und er machte einen Schritt rückwärts.
Der Mann, mit dem er sprach, drehte sich um und musterte Jasper kritisch.
»Alles okay?«, fragte er Hendrik.
Dieser nickte und räusperte sich. »Alles schick, Hauke.«
Jasper versuchte, trotz seines rasenden Herzens einen tiefen Atemzug zu nehmen.
Hendrik! Wie oft hatte Jasper an ihn gedacht. Wie oft hatte er sich selbst verboten, zu versuchen, ihn zu kontaktieren. Und nun stand er auf einmal vor ihm, hier in Frederstadt.
Jasper hatte nie an Schicksal geglaubt. Er glaubte an Talent, das ja, aber auch an harte Arbeit, stundenlanges tägliches

Üben, vom Gitarrespielen wunde Finger. Aber das hier, diese Begegnung – musste die nicht Schicksal sein?
Er straffte die Schultern und ging auf die Theke zu.
Hendrik stellte Hauke einen Pappbecher hin, aus dem ein riesiger Sahneturm ragte. Dabei verschüttete er ein wenig von dem Getränk.
»Oje, tut mir leid. Ich … das … Moment«, stammelte er und verschwand durch die Tür hinter der Theke.
Jasper kaute auf seiner Unterlippe herum. Was sollte er sagen, wenn Hendrik gleich wiederkam? Sich entschuldigen? Natürlich, das musste er. Doch wie konnte er erklären, was geschehen war? Allein schon ihm das mit dem Namen zu gestehen wäre extrem peinlich.
*Ach, übrigens, ich habe dich angelogen. Ich heiße gar nicht Julian und Börsenmakler bin ich auch nicht. Sorry, dass ich einfach abgehauen bin. Ich hatte nicht die Eier, dir die Wahrheit zu sagen. Aber ich bin ohnehin nicht der Beziehungstyp. Schön, dich mal wieder gesehen zu haben.*
Jasper schloss für einen kurzen Moment die Augen. Als er sie wieder öffnete, war Hauke einen Schritt näher getreten.
»Gibt es einen Grund dafür, dass Hendrik sich mit deiner Anwesenheit hier so unwohl fühlt?«, fragte er. Er klang nicht unfreundlich, aber aus seinem Tonfall wurde deutlich, dass er durchaus bereit war, Hendrik zuliebe unfreundlich zu werden.
Hieß das etwa … Jasper versuchte, seine Gedanken zu ordnen. Was hatte Arne ihm über diesen Hauke erzählt? Das war doch der mit dem Süßigkeitenladen, oder? War der mit dem Cousin von irgendjemandem zusammen? Oder dem Nachbarn? War dieser Cousin oder Nachbar womöglich Hendrik?
Und wieso machte ihm dieser Gedanke so viel aus?

***

Hendrik hielt sich mit der Hand an der Arbeitsplatte im Hinterzimmer des Coffee Shops fest und zwang sich, tief ein- und auszuatmen.
Natürlich musste Julian ausgerechnet jetzt auftauchen. Liridon war eine Viertelstunde weg, nur schnell neuen Tee holen bei Ralf und Jonte im Laden – und in dieser Viertelstunde kam Julian in den Coffee Shop.
Hendrik hatte gewusst, dass das passieren konnte. Aber nun, da es wirklich passiert war, fühlte er sich kein bisschen auf die Situation vorbereitet. Dabei hatte er sich heute Morgen extra viel Mühe gegeben. Er hatte seinen besten Pullover angezogen und statt einer Cordhose ein Paar Jeans gewählt, die seit Weihnachten etwas zu eng an seinem Hintern saßen. Liridon hatte ihn heute nicht für sein Outfit kritisiert, also musste er schon verdammt gut angezogen sein.
Nur seine Haare hatte er nicht in den Griff bekommen. Das würde Julian aber sicher nicht stören. So oft, wie er seine Hände darin vergraben hatte, als … stopp! Daran zu denken würde ihm jetzt sicher nicht weiterhelfen. Er musste zurück und vorher wäre es ganz gut, wenn er seine Panik in den Griff bekommen könnte.
Hendrik schnappte sich eins der Putztücher, um damit den Kakaofleck wegzuwischen. Weshalb sonst sollte er weggegangen sein, wenn nicht, um einen Lappen zu holen? Vorne war zwar auch einer, aber … naja, egal.
Hendrik straffte die Schultern und ging zurück nach vorn.
Julian war noch da. Er hatte die Hände in die Jackentaschen gesteckt und kaute auf seiner Unterlippe herum.
Hauke beobachtete ihn misstrauisch.
»So, da bin ich wieder«, sagte Hendrik so fröhlich, wie er nur konnte, und wischte mit ganz viel Elan über den Tresen, damit ihn bloß niemand für traurig hielt.

Julian sah noch genauso aus wie vor zwei Jahren und gleichzeitig ganz anders. Er war weniger aufgestylt und wirkte irgendwie erschöpft. Aber sein dunkelblondes Haar war noch so geschnitten wie vor zwei Jahren und seine grauen Augen hatten noch immer diesen Blick, der Hendriks Herz dazu brachte, schneller zu klopfen. Nicht dass es in der Hinsicht gerade Unterstützung benötigt hätte.

»Brauchst du mich noch?«, fragte Hauke leise.

Hendrik schüttelte den Kopf. »Danke«, flüsterte er.

»Wer ist das? Irgendwoher kenne ich den.«

Hendrik zuckte mit den Schultern. »Er heißt Julian. Viel mehr weiß ich auch nicht über ihn.«

Hauke nickte langsam. »Ruf mich an, wenn was ist, ja?«

Hendrik bemühte sich um ein Lächeln. »Danke dir. Moin, Hauke.«

»Moinsen.«

Hauke ging an Julian vorbei zur Tür und verließ den Coffee Shop. Nun hatte Hendrik keinen Grund mehr, Julian warten zu lassen.

»Guten Morgen. Was möchtest du trinken?«

»Äh … hi.«

»Hi. Überlegst du noch?« Hendrik wollte nicht unfreundlich sein, immerhin war es sein Job, Julian zu beraten. Aber er wollte ihn auch schnellstmöglich loswerden.

»Hendrik, ich …« Julian verstummte und presste die Lippen aufeinander.

»Tut mir leid, aber ich habe nicht viel Zeit«, behauptete Hendrik.

»Ja, klar. Verstehe. Ich … einen Cappuccino, bitte.«

»Für hier oder zum Mitnehmen?«

»Mitnehmen. Ich meine, für hier. Also … ja. Für hier.«

Hätte Hendrik es nicht besser gewusst, er hätte geglaubt, Julian wäre genauso nervös wie er. Aber das konnte nicht sein. Weshalb sollte er nervös sein? Er hatte schließlich nicht mehr von Hendrik gewollt als eine heiße Nacht.

Die routinierten Handgriffe an der Siebträgermaschine taten ihm gut und beruhigten seine Nerven etwas. Kaffee zubereiten konnte er. Er wusste, was er hier tat und was der jeweilige nächste Schritt war. Ganz anders als bei diesem Gespräch mit Julian, von dem er keine Ahnung hatte, in welche Richtung es gehen würde.

»Ich freue mich, dich zu sehen«, sagte Julian und lächelte ihn zaghaft an.

»Ja?«

»Ja. Ja, ich … habe oft an dich gedacht.«

Was zum Teufel hatte das zu bedeuten? Weshalb erzählte Julian ihm das? Er hatte doch wohl nicht etwa vor, ihn noch mal zu verarschen, oder? Ihm noch mal vorzumachen, dass da mehr zwischen ihnen war, nur um am nächsten Morgen wieder abzuhauen?

»Aha. Sirup in den Cappuccino?«

»Nein danke.«

Hendrik stellte eine Untertasse auf den Tresen und die Tasse darauf. »Möchtest du auch etwas essen?«

»Was kannst du mir denn empfehlen?«

»Die Käse-Schinken-Croissants sind sehr lecker.«

»Dann nehme ich eins. Hast du vielleicht Lust, dich ein bisschen zu mir zu setzen?«

Nein, rief Hendriks Verstand. Ja, rief sein Herz.

»Warum?«, fragte er.

»Ich würde dir gern erklären, warum ich mich wie ein Arschloch verhalten habe.«

Oh. Mit so etwas hatte er nicht gerechnet. Mit Selbstkritik und der Möglichkeit, dass es eine Erklärung für Julians Verhalten gab. Aber wer wusste schon, ob es wirklich eine gute

Erklärung war. Und ob er Hendrik nicht einfach nur etwas vormachte.
»Ich verstehe, dass du sauer auf mich bist. Du hast alles Recht dazu, abzulehnen. Aber ich werde nicht so einfach aufgeben. Wenn du mich loswerden willst, geht das schneller, indem du dir zumindest anhörst, was ich dir sagen möchte. Solltest du mich danach nie mehr wiedersehen wollen, werde ich mein Bestes tun, um dir aus dem Weg zu gehen.«
Dass Hendrik letzteres auf keinen Fall wollte, war wohl kein sonderlich gutes Zeichen …
»Ich muss noch die Spülmaschine einschalten, dann können wir kurz reden.«

***

Jasper gab sich alle Mühe, nicht wie hypnotisiert auf die Tür zu starren, aus der Hendrik hoffentlich jeden Moment zu ihm kommen würde.
Hendrik. Hieß er überhaupt wirklich so? Oder hatte er Jasper einen falschen Namen gegeben – so wie Jasper behauptet hatte, Julian zu heißen?
Es war ein Wunder, dass Hendrik nicht schon herausgefunden hatte, dass Jasper eigentlich Jasper hieß. Oder wusste er es vielleicht bereits?
So viel Glück konnte Jasper doch gar nicht haben. Weder Hendriks Kollege noch dieser Hauke schienen ihn erkannt zu haben. Hauke war aber misstrauisch geblieben, auch nachdem Jasper ihm versichert hatte, keine Ahnung zu haben, was los war.
Hendrik wirkte ziemlich durch den Wind. Aber hatte das tatsächlich mit ihm zu tun? Immerhin war das Ganze über zwei Jahre her. Wer sagte denn, dass Hendrik ihre gemeinsame Nacht so viel bedeutet hatte wie Jasper?

Hätte er doch nur früher gemerkt, dass es nicht einfach nur ein One-Night-Stand für ihn gewesen war. Dann hätte er noch gegensteuern gekonnt. Sich ihm erklären. Doch erst nach ein paar Wochen hatte Jasper so richtig erkannt, dass mit Hendrik etwas anders gewesen war. Dass er öfter an ihn dachte als an jeden anderen Mann, den er bislang kennengelernt hatte. Aber er hatte doch nicht erst Wochen später versuchen können, ihn zu kontaktieren und sich zu entschuldigen. Wie hätte das denn ausgesehen? Außerdem … wie erklärte man so etwas? Jasper hatte Angst vor Hendriks Reaktion gehabt.

Also hatte er sein Bestes getan, um Hendrik zu vergessen. Zumindest zu verdrängen. Wie es aussah, war ihm das nicht sonderlich gut gelungen. Angst hatte er immer noch. Aber auch den Wunsch, alles wieder geradezubiegen – und der war stärker.

Jasper kramte sein Handy aus der Tasche seiner Winterjacke, die er über den Sessel gehängt hatte, und checkte seine Mails, um etwas zu tun zu haben.

Die Nachrichten von seinem Management und der Plattenfirma löschte er, ohne sie gelesen zu haben.

Als er Schritte hörte, sah er auf. Hoffentlich Hendrik.

Ja, tatsächlich. Hendrik hielt auf den Zweiertisch zu, den Jasper sich ausgesucht hatte. Er lag in einer Ecke des Coffee Shops, die dank einer halbhohen Trennwand von außen nicht gut einsehbar war.

»So. Da bin ich.«

»Setz dich doch«, sagte Jasper, ließ vor Aufregung sein Handy fallen und angelte es unter dem kniehohen Tisch hervor. Er wies auf das Croissant, von dem er nur einen Bissen hinunterbekommen hatte. »Sehr lecker.«

Hendrik lächelte verkniffen und nahm ihm gegenüber Platz.

»Willst du nichts trinken? Ich äh … lade dich ein.« Jasper verdrehte die Augen. »Mir ist auch gerade aufgefallen, dass das Quatsch ist.«
Hendriks Mundwinkel zuckten. »Trotzdem danke für das Angebot.«
»Ich würde ja auch anbieten, dir einen Cappuccino zu machen. Allerdings bin ich mir nicht sicher, was meine Haftpflichtversicherung dazu sagt, wenn ich an eurer Maschine rumfuhrwerke und eine Explosion auslöse.«
Hendrik räusperte sich und fuhr sich durch die Haare. »Was wolltest du mir denn sagen? Ich kann hier nicht lange sitzen, ich müsste eigentlich hinter der Theke stehen.«
»Ich habe keine Ahnung von Beziehungen«, flutschte es Jasper heraus. »Ich meine, ich … hatte noch nie eine längere Beziehung. Deshalb wusste ich nicht, wie … als wir uns begegnet sind, dachte ich, alles ist wie immer.«
»Wie immer?«, wiederholte Hendrik mit seinem charmanten niederländischen Akzent.
Jesper hätte ihm den ganzen Tag zuhören können. »Ich meine … für eine Nacht.«
»Ah. Verstehe.«
»Dabei hätte ich gleich merken müssen, dass es anders ist. Wir haben vorher so lange geredet. Das war so … naja, anders.« Jasper lachte humorlos. »Offensichtlich ist das mein erstes Gespräch über Gefühle.«
»Es ist ausbaufähig.«
Jasper sang so oft über Liebe. Aber all die Texte, die er bisher geträllert hatte, hatten ihn nicht auf das hier vorbereitet.
»Es tut mir leid, dass ich einfach gegangen bin. Das war scheiße von mir.«
»Ja, stimmt«, sagte Hendrik leise und sah ihm in die Augen. »Warum hast du das gemacht?«

Weil ich um vier Uhr aufgewacht bin und nicht wusste, wie ich dir sagen soll, dass ich gelogen hatte, dachte Jasper. Aber das konnte er doch unmöglich sagen, auch wenn er es musste.
Hendrik war bereit, mit ihm zu reden. Er hatte sich zu ihm gesetzt, auch wenn ihn das sichtlich Überwindung gekostet hatte. Wenn Jasper ihm jetzt gestand, dass alles eine Lüge gewesen war … aber das stimmte ja gar nicht. Nicht alles. Er hieß Jasper statt Julian und war Sänger statt Börsenmakler. Aber die anderen Dinge, die er Hendrik erzählt hatte, waren wahr gewesen. Was er über seine Interessen erzählt hatte, seine Wünsche, seine Träume, seine Familie.
»Ich heiße Jasper.«
Hendrik öffnete den Mund und schloss ihn wieder. Das Leuchten aus seinen hellbraunen Augen verschwand.
»Es war natürlich scheiße von mir, dass ich dir meinen echten Namen nicht gesagt habe. Das weiß ich. Aber …« Jasper verstummte.
Es hatte sich einfach gut angefühlt, dass Hendrik ihn um seinetwillen gemocht hatte. Nicht weil er Jasper Gode war, sondern weil er *er* war.
Die anderen Männer, mit denen Jasper sonst so ins Bett gegangen war, hatten ihn gekannt. Es hatte ihnen gefallen, mit Jasper Gode zu schlafen. Doch seit Hendrik … es hatte noch drei, vier One-Night-Stands gegeben, aber sie hatten einen schalen Beigeschmack hinterlassen. Weil Jasper mit einem Mal klar geworden war, wie oberflächlich das war: Er nahm jemanden, den er kaum kannte, mit auf sein Zimmer, vögelte ihn und das war es.
Mit Hendrik hatte er geredet. Stundenlang. Mit den anderen wollte er nicht einmal reden. Was war das für eine Grundlage, und sei es nur für Sex?
»Das ist deine Masche, ja? Das machst du immer so?«

Hendrik wirkte so verletzt, dass Jasper sich wünschte, er hätte nichts gesagt. Hendrik so zu sehen sorgte dafür, dass sein Herz sich schmerzhaft zusammenzog. Unmöglich konnte er ihm jetzt auch noch erzählen, dass er eigentlich einen ganz anderen Job hatte. Hendrik würde ihn dann endgültig verachten. Aber das war nicht der einzige Grund. Jasper wollte ihn auch nicht weiter kränken.

»Dafür habe ich mich so geschämt, dass ich dir am nächsten Morgen nicht in die Augen sehen konnte«, erwiderte Jasper wahrheitsgemäß.

»Dann bin ich ja jetzt im Bilde.« Hendrik machte Anstalten, aufzustehen.

»Warte!«, sagte Jasper ein wenig zu laut. »Bitte.«

Himmel, was tat er hier? Das konnte nur nach hinten losgehen. Früher oder später würde Hendrik erfahren, wer er war. Wenn er es ihm jetzt nicht sagte, würde es später nur noch schlimmer.

»Es tut mir leid. Es tut mir ganz furchtbar leid. Dass ich gelogen habe und dass ich gegangen bin. Du bist mir einfach nicht mehr aus dem Kopf gegangen. Ich weiß, du hast keinerlei Veranlassung, mir zu glauben. Doch ich werde dir beweisen, dass ich eine zweite Chance möchte. Vielleicht sogar, dass ich sie verdiene.«

Jasper war sich nicht sicher, dass er etwas anderes verdiente als einen Schlag ins Gesicht.

Hendrik schluckte hörbar. »Wie soll das gehen? Wenn du mir nicht mal deinen richtigen Namen gesagt hast, kann ich dir doch gar nichts glauben.«

Jasper nickte. »Das verstehe ich.«

»Na dann.«

»Darf ich wiederkommen?«

***

*Nein.* Das war kein schwieriges Wort. Vier Buchstaben, einfach auszusprechen. *Nee* auf Niederländisch. Das wurde auch in Deutschland verstanden.
Hendrik hätte nein sagen können. Sollen. Müssen. Und was hatte er stattdessen gesagt? *Das musst du selbst entscheiden.* Nicht gerade freundlich. Aber auch keine Ablehnung.
Wieso bloß hatte er nicht abgelehnt? Julian – nein, Jasper – hatte ihn angelogen, ihm einen falschen Namen gegeben, ihm vorgemacht, dass da etwas zwischen ihnen war, war am nächsten Morgen ohne Abschied abgehauen. Da war Hendrik nicht in der Lage, ihm einen Korb zu geben?
Er füllte neue H-Milch in den Behälter und warf den leeren Karton in den Mülleimer unter dem Tresen.
Ja, Jasper hatte ihm Erklärungen geliefert. Dass er für gewöhnlich nicht mehr wollte als eine Nacht. Dass er verhindern wollte, dass es danach Komplikationen gab.
Hendrik schnaubte und schüttelte den Kopf. Wie konnte man so unmöglich sein? Was für ein Selbstverständnis musste Jasper haben, dass er sich so etwas herausnahm? Nicht nur bei Hendrik, auch bei anderen. Wer wusste schon, wie viele Männer er bereits so behandelt hatte.
Aber da war auch dieser Blick gewesen. Bittend, fast schon flehend. Jasper hatte so aufrichtig gewirkt.
Hendrik war bewusst, dass das gespielt sein konnte. Aber Jasper hatte doch bestimmt die freie Auswahl. Wenn er einfach nur jemanden fürs Bett suchte, musste er sich nicht die Mühe machen, Hendrik umzustimmen. Oder ging es ihm um die Herausforderung? In Utrecht hatte Hendrik es ihm nicht gerade schwer gemacht. Wollte Jasper bloß sehen, ob er es noch mal schaffte, ihn ins Bett zu bekommen?
Warum musste das alles so kompliziert sein?
»Hendrik?«
Er zuckte zusammen und presste die Hand auf sein Herz.

Liridons Mundwinkel zuckten. »Störe ich?«
Hendrik schnappte nach Luft. »Nee, wieso?«, japste er.
»Du bist so in Gedanken, dass du mich gar nicht bemerkt hast.«
»Ich hoffe, dein Ego verkraftet das.«
Grinsend kam Liridon zu ihm hinter die Theke und stellte drei Teetüten ins Regal. »Gerade so. Alles okay?«
Hendrik nickte stumm.
»War er hier?«
»Wer?«, fragte Hendrik, wohlwissend, wen Liridon meinte.
»Wer wohl? Der Bundeskanzler.«
»Nee, der ist auf Staatsbesuch in Norwegen.«
»Hendrik, war Julian hier?«
»Nein. Ja. Ein bisschen.«
Wie sollte Hendrik Liridon erklären, dass Julian eigentlich Jasper hieß? *Ach, weißt du, er hat mir einen falschen Namen genannt, aber ich habe ihm nicht gesagt, dass ich ihn nicht mehr sehen will.* Ziemlich erbärmlich, fand Hendrik.
»Und? Habt ihr geredet?«
»Mhm.« Er verschränkte die Arme vor der Brust und zog die Hände in seine Ärmel.
»Trefft ihr euch?«
»Nein. Aber er will wiederkommen«, erwidere Hendrik mit Grabesstimme.
»Na, die Aussicht scheint dich ja mit wahnsinnig großer Freude zu erfüllen.«
»Ich kann es kaum erwarten. Brauchst du das große Messer noch oder kann ich es als Tatwaffe nach dem Mord ins Meer werfen?«
»Wann findet das freudige Ereignis statt? Ich gebe dir ein Alibi.«
»Er möchte mir beweisen, dass er eine zweite Chance verdient hat.« Hendrik rümpfte die Nase.

»Meinst du, das wird ihm gelingen?«
»Ich weiß ja nicht mal, was er mit einer zweiten Chance meint. Auf einen weiteren One-Night-Stand habe ich jedenfalls keinen Bock.«
»Hast du ihm das gesagt?«
»Ich wage zu behaupten, dass er mir das angemerkt hat.«
»Gut gemacht. Ich besorge Arsen. Das kannst du ihm als Zucker unterjubeln.«

***

»Moinsen.« Hauke klang sehr reserviert, als Jasper sein Geschäft betrat.
Kein Wunder. So erschrocken, wie Hendrik vorhin geschaut hatte, hielt Hauke Jasper jetzt wahrscheinlich für einen Mehrfachmörder.
»Moin«, entgegnete Jasper in der Hoffnung, mit der lokalen Begrüßungsformel Vertrauen zu gewinnen.
»Kann ich helfen?«
Jasper sah sich um. Das Geschäft war minimalistisch eingerichtet. Plexiglas und weißes Holz. Nichts lenkte von den köstlich aussehenden Pralinen und handgemachten Schokoladen in der Auslage ab. In einem Regal standen Tüten mit Bonbons und Gummibärchen.
Jasper ging zu dem Regal mit den Zartbitterschokoladen. Die Auswahl war groß. Es gab ganz schlichte Tafeln, aber beispielsweise auch welche mit Mandeln, Salz, Chili oder Kräutern.
Er räusperte sich und fragte beiläufig: »Du kennst nicht zufällig Hendriks Lieblingsschokolade?«
Hauke zog die Augenbrauen hoch. »Doch.«
»Beraten ist nicht so dein Ding?«

Hauke musste – ganz offensichtlich widerwillig – grinsen. »Ich helfe dir gern dabei, deine eigene Lieblingsschokolade zu finden. Was meine restliche Kundschaft kauft, ist allerdings vertraulich.«
»Verstehe.«
Jasper war sich sicher, dass Hendrik am liebsten Zartbitterschokolade mochte. Darüber hatten sie an dem Abend in Utrecht gesprochen. Jasper wusste noch ganz genau, was Hendrik gesagt hatte. Er erinnerte sich an fast jedes Wort. Wie blöd er gewesen war. Wieso hatte er nicht gemerkt, dass mit Hendrik alles anders war?
»Er mag Zartbitterschokolade«, sagte er.
»Hm«, machte Hauke und kam zu ihm. »Weißt du auch, was er noch mag?«
Jasper presste die Lippen aufeinander. Worauf wollte Hauke hinaus? Hatte er vor, ihm durch die Blume mitzuteilen, dass zwischen den beiden was lief? Mist. An Arnes Worte konnte Jasper sich nicht mehr detailliert genug erinnern. Das mit den verflochtenen Beziehungen hier in Frederstadt war ja so eine Art *running gag* zwischen ihnen. Wenn man nach zwei Begegnungen schon von so etwas sprechen konnte. Jasper hätte nicht gedacht, dass es von Bedeutung sein könnte, wer mit wem.
»Seinen Freund?«, fragte Jasper, um einen möglichst neutralen Tonfall bemüht.
Hauke schnaubte. »Ich mag Karl auch, also meinen Freund. Deshalb möchte ich ihn aber nicht aufessen. Das will was heißen, denn ich esse fast alles«, sagte er und strich über seinen Bauchansatz.
Jasper fürchtete, dass seine Erleichterung ihm anzusehen war. Jedenfalls grinste Hauke so wissend.

Aber das musste gar nichts heißen. Hendrik konnte mit jemand anderem zusammen sein, auch wenn er das vorhin nicht erwähnt hatte.
Es sprudelte regelrecht aus ihm hervor: »Kaffee. Hendrik mag Kaffee. Er liebt Kaffee. Man könnte sogar sagen, er ist besessen von Kaffee.«
Hauke legte den Kopf schief. »Was schließen wir daraus?«
»Kaffeeschokolade?«, riet Jasper.
Hendrik nahm eine Tafel aus dem Regal, die laut Verpackung geschroteten Röstkaffee enthielt. »Angenommen, du würdest Bitterschokolade und Kaffee mögen, dann würde ich dir diese Sorte hier empfehlen.«
»Okay. Vielen Dank. Ich nehme drei.«
Hauke nahm zwei weitere Tafeln und ging damit zum Verkaufstresen. »Es scheint dir ernst zu sein.«
»Wie meinst du das?«
»Du bist nicht der einzige, der Wiedergutmachungsschokolade kauft. Aber du bist einer der wenigen, die etwas aussuchen, was der oder dem Beschenkten wirklich schmecken könnte. Die meisten greifen wahllos nach einer Pralinenschachtel. Oder sie nehmen Schokolade mit Rosenblättern, wegen Liebe und so. Dabei sind Rosenblätter gar nicht jedermanns Fall.«
Jasper lachte. »Meiner wären sie auch nicht.«
»Wenn es nach mir ginge, würde ich die gar nicht herstellen. Ich habe hinterher jedes Mal Kopfschmerzen von dem Geruch«, erzählte Hauke und steckte die Tafeln in eine Tüte. »Achtzehn neunzig, bitte.«
Jasper zog einen Zwanzigeuroschein aus seinem Portemonnaie. »Passt so.«
»Danke dir. Sag mal, bist du von hier?«
Jasper tat, als müsse er sich darauf konzentrieren, sein Portemonnaie wieder einzustecken. »Nein, warum?«

»Du kommst mir irgendwie bekannt vor, aber ich weiß nicht, wieso.«
»Vielleicht sind wir uns schon mal auf der Straße oder am Strand begegnet. Ich bin hier im Urlaub.«
»Jetzt?«
»Ich stehe nicht so auf Massentourismus.«
»Kann ich verstehen. Darf ich dir zwei Tipps geben?«
»Wegen Hendrik?«
»Ja.«
»Schieß los.«
»Erstens: Sei vorsichtig. Hier in Frederstadt wird verdammt viel geklatscht. Wenn du peinliche Verkuppelungsversuche vermeiden willst, hängst du besser kein Plakat mit einem roten Herz gegenüber vom Coffee Shop auf.«
Trotz des mulmigen Gefühls, das Haukes Worte hinterließen, musste Jasper grinsen. Die Vorstellung war wirklich witzig. Nur das mit dem Gerede war … problematisch. Um es mal vorsichtig zu formulieren.
Allzu lange durfte er nicht damit warten, Hendrik die ganze Wahrheit zu sagen. Er musste ihm nur erst glaubhaft versichern, dass er ihm trotz allem vertrauen konnte Ob ihm das gelingen würde? Das war ein Tanz auf dem Drahtseil. Nicht nur er selbst konnte bitter enttäuscht werden, sondern auch Hendrik – und vor allem letzteres musste er unbedingt verhindern.
»Danke. Und zweitens?«
Hauke sah ihm in die Augen. »Spiel nicht mit seinen Gefühlen. Hendrik ist ein lieber Kerl und sehr schüchtern. Wenn er sich jemandem öffnet, dann bedeutet derjenige ihm eine Menge.«
Jasper schluckte. »Ich habe nicht vor, ihn noch mal zu verletzen.«
»Das will ich auch hoffen.«

***

Hendrik tat einen tiefen Atemzug und spürte dem Brennen nach, das die eiskalte Luft in seiner Brust auslöste.

Er stand so nah am Meeressaum, das immer wieder Tropfen an seine Hosenbeine spritzten. Kleine Eisstücke schwammen auf dem Wasser und wurden von den Wellen hin und her geschaukelt.

»Nein, Käpt'n! Nicht ins Wasser!«

Hendrik grinste und drehte sich um.

Erwartungsgemäß rannte Käpt'n schneller auf das Wasser – und damit auch ihn – zu, als man es bei so einem riesigen Hund vermuten sollte. Im Coffee Shop wirkte Käpt'n immer eher gemütlich, fast schon faul. Doch sobald er das Meer sehen konnte, wurde aus dem trägen Giganten ein echtes Seeungeheuer.

Im Sommer und auch noch im Herbst hatte Hendrik Käpt'n oft im Wasser toben gesehen. Manchmal musste Arne ihm sogar hinterherwaten, weil Käpt'n einfach nicht aus dem Wasser kommen wollte. Jetzt war das Meer natürlich zu kalt für Hunde, sodass Käpt'n sich mit nassen, sand- und schneeverkrusteten Pfoten begnügen musste.

»Moin Hendrik«, rief Arne ihm zu und winkte, während er Käpt'n folgte.

Der Landseer hatte Hendrik inzwischen erreicht und begrüßte ihn stürmisch.

»Hey. Na du? Ich habe leider gar keinen Milchschaum für dich«, sagte Hendrik und bemühte sich, Käpt'n gleichzeitig angemessen zu begrüßen und auf den Beinen zu bleiben.

Inzwischen hatte Arne sie erreicht und leinte Käpt'n an. »Tut mir leid.«

»Kein Problem.«

»Als er zu mir kam, war er gar nicht so begeistert von anderen Menschen. Jetzt fällt er regelmäßig ahnungslose Spaziergängerinnen und Spaziergänger an.«
Hendrik lachte. »Mir macht es nichts aus. Ich mag Käpt’n doch.«
»Er mag dich auch«, erwiderte Arne.
»Ist Max noch auf Fortbildung?«
»Ja. Ist komisch ohne ihn. Dabei sind wir ja noch gar nicht so lange zusammen.«
Hendrik seufzte leise. »Die wahre Liebe eben.«
Er freute sich für die beiden. Max und Arne waren sehr nett und ein richtig süßes Paar. Das änderte aber nichts daran, dass Hendrik insgeheim neidisch auf sie war.
Ob er jemals so eine glückliche Beziehung führen würde? Arne und Max verstanden einander ohne viele Worte. Sie wirkten so vertraut miteinander und verdammt verliebt.
Klar, Hendrik war auch schon ein paarmal verliebt gewesen. Erst in seinen hoffnungslos heterosexuellen besten Freund, der damit ein Problem gehabt hatte. Jetzt war er also Hendriks ehemaliger bester Freund. Dann in einen Kollegen in einem Coffee Shop, der zwei Monate später für ein Jahr nach Costa Rica gegangen und der Meinung gewesen war, dass sie sich nach seiner Rückkehr besser nicht mehr treffen sollten. Und danach … tja, danach in Ju… Jasper. Jasper hieß er. Angeblich. Wer wusste schon, ob das jetzt stimmte. Womöglich hieß er in Wirklichkeit Jörg oder Pierre oder Timo.
Arne stieß ihm den Ellbogen in die Seite. »Klingt, als ob du dich damit auskennst. Mit der wahren Liebe, meine ich.«
Hendrik schnaubte. »Von wegen. Ich weiß nur, wie’s nicht geht.«

Arne verzog das Gesicht. »Tut mir leid. Fettnäpfchen sind aber auch echt tückisch. Kommst du ein Stück mit uns mit? Wir sind Richtung Steilküste unterwegs.«
»Ja, gern«, erwiderte Hendrik womöglich etwas übereifrig. Er war froh über die Ablenkung und die Gelegenheit, ein wenig mehr Zeit mit Arne verbringen zu können. Sein Ziel, Freundschaften zu schließen, war vielleicht gar nicht so weit entfernt.
»Wie fing das eigentlich an mit Max und dir? Ist bestimmt nicht einfach, seinen Chef um ein Date zu bitten, oder? Oder umgekehrt seinen Mitarbeiter?«
Arne lachte. »Wenn du wüsstest, wie oft ich ihn gefragt habe. Er hat jedes Mal nein gesagt. Aber auf Dauer konnte er mir nicht widerstehen. Warum fragst du? Hast du Absichten bei Liridon?«
»Um Himmels Willen. Es reicht mir schon, dass er bei der Arbeit meine«, Hendrik räusperte sich, »*fashion choices* kritisiert.«
Arne zuckte mit den Schultern. »Ich finde, du bist gut angezogen. Und das sage ich nicht nur, weil wir fast die gleiche Winterjacke tragen. Gibt es denn jemanden bei dir?«
»Eigentlich nicht.«
»Also ja«, schloss Arne.
»Es gibt einen Mann, an den ich ständig denken muss, obwohl er das nicht verdient hat.«
»Ah. Darf man fragen, warum nicht?«
»Er hat mich schon mal verarscht. Ziemlich heftig sogar.«
»Das tut mir leid.«
Hendrik winkte ab. »Ich bin es selbst schuld. Ich bin zu naiv. Er war so lieb, so verständnisvoll. Da dachte ich … naja, dass er das auch wirklich ist.«
»Ist er aber nicht?«

Hendrik kickte einen kleinen Schneehaufen aus dem Weg. »Kein bisschen.«
»Oder war er das nur damals nicht?«
Hendrik runzelte die Stirn und blieb stehen. »Du glaubst also, dass jemand sich so ändern kann?«
»Ich habe vor einigen Jahren ziemlichen Mist gebaut und meinen damaligen Freund längere Zeit betrogen.«
»Oh. Echt?«
»Ja. Ist mir heute verdammt peinlich. So etwas würde ich heute nie mehr tun. Aber damals habe ich es eben gemacht.«
»Wie finde ich denn raus, ob es bei Julian genauso ist wie bei dir?«
Jasper. Julian hieß doch Jasper. Hendrik hatte zweieinhalb Jahre lang an ihn als Julian gedacht. Da musste er sich erst noch umgewöhnen. Und zwar möglichst schnell. Es wäre ja ziemlich peinlich, wenn er für den gleichen Mann zwei Namen benutzte.
Noch während er überlegte, wie er Arne das mit dem falschen Namen erklären sollte, erwiderte dieser: »Ich glaube, dass man das am Blick merkt.«
»Am Blick?«
»Ja. Max hat mich so oft abgewiesen, aber ich habe in seinen Augen gesehen, dass er sich eigentlich gern mit mir getroffen hätte. Er hatte nur Angst wegen seinem Ex. Ziemliches Arschloch.«
»Ich soll ihm also in die Augen gucken? Das ist alles?«
»Hast du ihm denn schon in die Augen geschaut in letzter Zeit?«
»Ja. Heute Morgen.«
»Und? Was hast du gesehen?«
»Reue. Glaube ich. Und … naja … er hat mich so angeschaut, als ob ich ihm gefalle.«

Er musste so ungläubig geklungen haben, wie er sich fühlte, denn Arne erwiderte: »Kann doch gut sein.«
»Meinst du? Trotz meiner *fashion choices?«,* witzelte Hendrik, weil ihm seine Unsicherheit peinlich war.
»Ich hätte mich auch in Max verliebt, wenn er … keine Ahnung … nur FC Düsseldorf-Trikots tragen würde.«
Hendrik musste lachen. »Aber was, wenn das nur Wunschdenken von mir war?«
»Das habe ich auch immer gedacht. Letztendlich lag ich trotzdem richtig. Hey, ich will dir nicht sagen, was du machen sollst. Das musst du selbst entscheiden. Ich kenne deinen Julian ja auch gar nicht. Eins weiß ich allerdings ganz sicher: Für die Liebe muss man bereit sein, Risiken einzugehen.«
»Sogar das Risiko eines gebrochenen Herzens?«
»Ich fürchte, ohne das Risiko geht es nicht.«

## Kapitel 4

Tilda runzelte die Stirn. »Für wen hast du dich denn so aufgebrezelt?«
Jasper warf der Frontkamera seines Tablet-PCs, auf dessen Bildschirm seine Schwester feixte, einen genervten Blick zu. »Für niemanden. Ich habe mich nicht aufgebrezelt.« Mit verstellter Stimme fügte er hinzu: »Außerdem kann man sich auch für sich selbst hübsch machen.«
Sie kniff die Augen zusammen. »Mach mich nicht nach. Vorgestern habe ich dich doch noch in Schlunzklamotten gesehen. Irgendetwas ist pa… oh. *Oh.* Hat mein Brüderchen etwa einen Mann kennengelernt?«
»Ich bin nicht dein Brüderchen, sondern drei Jahre älter als du«, argumentierte Jasper am Thema vorbei und betrachtete sein Spiegelbild.
Hatte er es wirklich übertrieben? Anzughose und Hemd – so sah er nicht nach Urlauber aus. Hendrik konnte sich bestimmt denken, dass Jasper sich seinetwegen so viel Mühe gemacht hatte. Andererseits – ging es nicht genau darum: Ihm zu zeigen, dass er ihm wichtig war?
Hendrik wusste nicht einmal, wer Jasper war. Das konnte er doch nicht machen. Aber wenn er es ihm erzählte … seit gestern drehten sich Jaspers Gedanken im Kreis – und immer um Hendrik herum.
»Wieso machst du dich denn für einen One-Night-Stand überhaupt schick? Und das vormittags?«
»Tilda, ich kann anziehen, was ich will.«
Just in dem Moment, als Jasper sein fertiges Outfit im Spiegel überprüft hatte, hatte sein Tablet ihren Videoanruf angekündigt. War ja klar gewesen, dass das nicht gutgehen konnte.
»Ist es gar kein One-Night-Stand?«

»Musst du nicht ein bisschen klarinettisieren?«
»Ich habe schon klarinettisiert. Wir sind ja nicht alle Superstars, die bis in die Puppen schlafen können.«
»Es ist halb zehn.«
»Ich war um sechs wach.«
»Da werden sich die Hotelgäste im Nachbarzimmer ja gefreut haben, wenn du um die Zeit geübt hast.«
»Ich habe gefrühstückt, du Sack. Jetzt raus mit der Sprache: Wer ist es? So ein Seebär mit langem Bart und Pfeife?«
Er verdrehte die Augen. »Nicht jeder teilt deine Vorliebe für ältere Männer.«
»Also ist es ein jüngerer Mann? Wie heißt er?«
»Hendrik.«
»Was macht er beruflich?«
»Gut, dass du nicht neugierig bist.«
Tilda kicherte. »Na, hör mal. Es kommt ja wohl selten genug vor, dass du ernsthaftes Interesse an jemandem hast. Erzähl doch mal ein bisschen.«
Er schüttelte den Kopf. »Ist noch zu früh.«
»Ihr habt euch also gerade erst kennengelernt.«
»Das auch nicht. Okay, hör zu. Ich habe Mist gebaut bei ihm. Das ist schon eine ganze Weile her. Seitdem habe ich ständig an ihn gedacht. Gestern sind wir uns hier zufällig über den Weg gelaufen und jetzt … will ich versuchen, alles wiedergutzumachen.«
»Du hast nie etwas gesagt.« Tilda klang ein wenig pikiert.
»Ich habe mich geschämt.«
»Was hast du denn gemacht, das ihn so verletzt hat?«
Jasper fuhr sich durch die Haare. »Das verrate ich dir ein andermal, okay? Jetzt möchte ich erst mal zu ihm.«
»Seid ihr verabredet?«
»Nein. Er will sich nicht mit mir treffen. Ich, äh … sehe ihn bei seiner Arbeit.«

»Du stalkst ihn also?«
»Er ist einverstanden damit, dass ich in den … dass ich dahinkomme.«
Besser nicht zu viel verraten. Tilda war es durchaus zuzutrauen, dass sie sich in den nächsten Zug setzte und Hendrik aushorchte.
»Bist du nur ein Geheimniskrämer oder hat er einen anrüchigen Beruf?«
»Er arbeitet nicht im Puff, Tilda.«
»Das hört man gern.« Sie grinste. »Hast du einen Plan?«
»Schokolade.«
»Geht immer. Viel Glück. Und denk ja nicht, dass ich dich so einfach davonkommen lasse. Das Verhör ist nur vertagt.«
»Moin, Tilda.«
Sie zog die Augenbrauen hoch. »Moin.«
Jasper legte das Tablet zurück auf seinen Nachttisch und warf noch einen letzten Blick in den schlichten Spiegel mit dem weißen Rahmen, der neben dem Kleiderschrank an der Wand hing.
Ganz wohl fühlte er sich in dem Outfit nicht. Sonst kleidete er sich auch bei öffentlichen Auftritten eher leger. Aber er hatte etwas Wichtiges vor und dafür hatte er sich nun mal ein wenig schick gemacht.
Er schnappte sich die Tüte mit der Schokolade und ging in den Flur, um seine Jacke anzuziehen.
Als er die Haustür hinter sich ins Schloss zog, ertappte er sich dabei, das Lied von gestern vor sich hin zu summen. Inzwischen hatte es auch eine Melodie.
Sein Herz klopfte schneller als sonst und er spürte die kalte Luft gar nicht auf seinen Wangen. Die Aussicht, Hendrik wiederzusehen, erfüllte ihn natürlich mit Nervosität. Aber auch mit Freude.

Jasper würde sich wieder in den Coffee Shop setzen. Solange es nicht allzu voll war, musste das gehen. So konnte er wenigstens ein bisschen Zeit in Hendriks Nähe verbringen. Vielleicht würde es ihm ja sogar gelingen, ihn dazu zu bewegen, sich noch mal zu ihm zu setzen.
Er wollte so gern wissen, was Hendrik nach Frederstadt verschlagen hatte. Ob er vorhatte, hier zu bleiben. Und ehrlich gesagt auch, ob es einen Mann in Hendriks Leben gab.
Der Weg zum Coffee Shop kam ihm heute viel länger vor. Als er endlich auf den Rathausplatz kam und den Laden sehen konnte, machte sein Herz einen Satz.

***

»Wartest du auf jemanden?«, fragte Liridon auffällig beiläufig.
Hitze schoss in Hendriks Wangen. »Wieso?«
Sein Chef lächelte vielsagend. »Nur so«, erwiderte er, ohne von der braunen Tüte aufzusehen, in die er gerade frisch gemahlenen Kaffee füllte.
Neben Heißgetränken und Snacks verkauften sie auch hochwertigen Kaffee, sowohl gemahlenen als auch ganze Bohnen. Inzwischen hatten einige Hotels und Pensionen hier ihren Kaffee im Angebot – als regionales Produkt, was bei Liridon und Hendrik regelmäßig zu Lachanfällen führte. Kaffeepflanzen würden in Frederstadt schließlich sicher nicht gedeihen. Aber es war gut fürs Geschäft.
Einige Touris kauften auch Kaffee bei ihnen, entweder als Mitbringsel oder weil sie ihn zu Hause weiterhin trinken wollten als Andenken an den Urlaub. Sie hatten schon einige Stammkunden, an die sie immer wieder Lieferungen verschickten. Sogar in die Schweiz und nach Schweden gingen regelmäßig Kaffeepakete.

Hendrik machte sich am Siebträger der Kaffeemaschine zu schaffen. Den hatte er zwar gerade erst gereinigt, aber da war Liridon gerade mit einer Kundin beschäftigt gewesen.
»Weil du ständig so erwartungsvoll nach draußen guckst.« Liridon legte das Päckchen in das bereitstehende Paket. »Weißt du noch, was wir den Bleibtreus beim letzten Mal als Goodie eingepackt haben?«
»Eine Probe von dem neuen Kolumbianer, oder?«
»Ach ja, stimmt. Wie wäre es dann diesmal mit dem aus Papua-Neuguinea? Meinst du, der könnte ihnen schmecken?«
Hendrik zog die Nase kraus. »Nee, ich glaube, der ist zu würzig und hat so eine rauchige Note. Das ist nichts für die Bleibtreus. Nimm lieber einen anderen aus Südamerika. Die sind doch immer so begeistert von leicht schokoladigen Noten. Was ist mit dem von den Galapagosinseln?«
Liridon stieß die Luft aus. »Gute Idee. Hätte ich auch selbst drauf kommen können.«
»Schön, wenn ich helfen kann, Chef.«
Lachend gab Liridon ein wenig von dem besagten Kaffee in die Mühle. Ehe er sie einschalten konnte, kündigte jedoch das Glöckchen an der Tür Kundschaft an.
Hendrik sah auf und direkt in Jaspers graue Augen.
»Moin Hendrik.«
Nicht lächeln, ermahnte Hendrik sich selbst und fürchtete, dass er gerade ziemlich beschränkt grinste. »Hi.«
»Ach, ich habe ja ganz vergessen …«, murmelte Liridon und verschwand, ohne den Satz zu beenden, im Hinterzimmer.
Na, besten Dank auch.
Hendrik zog seine Hände in die Ärmel und verschränkte die Arme. Erst mittendrin fiel ihm auf, dass diese Geste immer so albern wirkte. Aber er wollte auch nicht herumhampeln. Nachher dachte Jasper noch, dass er seinetwegen nervös war.
»Schön, dich zu sehen.«

Jaspers Stimme klang so … warm. Kuschlig, auch wenn eine Stimme natürlich nicht kuschlig klingen konnte.
»Mhm«, erwiderte Hendrik.
Jasper lachte atemlos. »Beruht wohl nicht auf Gegenseitigkeit. Aber ich kann dich verstehen. Vielleicht freust du dich ja wenigstens … also, das soll jetzt keine Bestechung sein oder so … ich habe dir etwas mitgebracht«, verkündete er und stellte eine Tüte mit der Aufschrift *Schlickern mit Hauke,* also *Naschen mit Hauke* im regionalen Dialekt, auf den Tresen.
Er war bei Hauke im Laden gewesen?
Hendrik zwang sich zu einem Lächeln. War ja sicher nett gemeint. Aber glaubte Jasper wirklich, ihn mit einer beliebigen Schachtel Pralinen umstimmen zu können? So sah es also aus, wenn er sich um ihn bemühen wollte?
»Schau doch wenigstens mal rein«, drängte Jasper.
Hendrik zog die Tüte zu sich und sah hinein. Keine Pralinen. Drei Tafeln Schokolade. Das war doch wohl nicht … er griff in die Tüte und nahm eine davon heraus. Seine Lieblingssorte, Zartbitter mit Röstkaffeestückchen.
Gegen seinen Willen breitete sich ein Grinsen auf Hendriks Gesicht aus. »Das ist meine Lieblingsschokolade.«
Jasper rieb sich über den Nacken. »Das habe ich gehofft.«
»Hat Hauke dir das verraten?«
»Er hat mich gewissermaßen raten lassen und an der richtigen Stelle genickt.«
Hendrik biss sich auf die Unterlippe. »Danke schön. Das ist nett von dir.«
Jasper hatte sich also doch Gedanken gemacht, wie er ihm eine Freude machen konnte. So sehr Hendrik auch versuchte, das nicht süß zu finden – es wollte ihm einfach nicht ganz gelingen.
»Hast du dir auch welche gekauft?«

Jasper zuckte mit den Schultern. »Im Nachhinein habe ich auch gedacht, dass das eine gute Idee gewesen wäre. Ich war so darauf konzentriert, etwas Schönes für dich zu finden, dass ich daran aber gar nicht gedacht habe. Vielleicht gehe ich noch mal in den Laden.«
»Willst du ein Stück probieren? Dann weißt du, ob du dir die Schokolade auch kaufen magst.«
Jasper sah ihn an. »Ja, gern. Wenn ich darf. Nur ein ganz kleines Stück.«
Hendriks Finger zitterten, doch beim dritten Versuch schaffte er es schließlich, die Folie zu öffnen. Er brach zwei Stücke ab und ließ Jasper eines davon nehmen.
»Prost«, scherzte dieser und steckte sich die Schokolade in den Mund.
Hendrik tat das gleiche und seufzte leise. Die Kombination aus Schokoladen- und Kaffeearoma war einfach perfekt – und das lag nicht nur daran, dass Hauke den Kaffee bei ihnen kaufte.
Jasper kaute und schluckte. »Die ist echt lecker. Du hast einen guten Geschmack.«
Hendrik schluckte sein Stück Schokolade ebenfalls hinunter. »Bei Schokolade schon«, versetzte er, allerdings sprach er dabei ein wenig zu leise, um richtig souverän zu klingen.
Jasper räusperte sich. »Tja. Das habe ich wohl verdient.«
»Für die Schokolade hast du dir jedenfalls das passende Getränk verdient. Darf ich dir etwas empfehlen?«
»Bitte.« Jasper lächelte ihn mit strahlenden Augen an.
Hendrik senkte rasch den Blick und murmelte: »Ich mache dir einen Schoko-Latte.«
»Ein Getränk, das zu zahlreichen Wortspielen einlädt.«
Hendrik lachte und hoffte, dass seine Wangen nicht allzu rot leuchteten. »Sehr originell. Höre ich zum ersten Mal.«
»Trinkst du einen Kaffee mit mir?«

Hendrik holte tief Luft und straffte die Schultern, um abzulehnen. Auch wenn es ihm schwerfiel.
Doch wie auf Kommando schoss Liridon aus dem Hinterzimmer. »Hendrik, du hast jetzt Pause«, verkündete er theatralisch und schob ihn zum Durchgang Richtung Gästebereich. »Komm, ich mache euch was zu trinken und du setzt dich zu deinem … Bekannten.«

***

Hendrik sah nicht so aus, als ob er sich besonders wohlfühlte, während er mit dem Löffel in seinem Cappuccino rührte.
Jasper räusperte sich. »Du musst nicht mit mir hier sitzen. Wenn du nicht magst, meine ich.«
Mit sichtlicher Überwindung zwang Hendrik sich dazu, ihm in die Augen sehen. »Es ist nicht so, dass ich das überhaupt nicht möchte.«
Jaspers Herz zog sich zusammen. »Nur ein bisschen nicht?«, fragte er.
Hendrik lachte atemlos. »Nein, ich … ich weiß einfach nicht, ob das eine gute Idee ist.«
»Ich verstehe«, erwiderte Jasper.
Er verstand es ja auch. An Hendriks Stelle hätte er sich sicherlich nicht mit ihm an einen Tisch gesetzt.
Hendrik rieb mit der Hand über den Ärmel seines schokoladenfarbenen Strickpullovers. Der war zwar ein bisschen altmodisch, aber stand ihm verdammt gut. Hendriks Stil war genauso einzigartig wie sein Charakter.
Hendrik holte tief Luft und sagte: »Dass du einfach gegangen bist, hat mich sehr verletzt. Ich habe lange gebraucht, um das zu verarbeiten.«
War Jasper ein schlechter Mensch, wenn es ihm einen Stich versetzte, dass Hendrik dann wohl über ihn hinweg war?

»Ehrlich gesagt habe ich gehofft, dass wir uns nicht noch mal begegnen«, fuhr Hendrik fort.
Spürte nur Jasper diesen plötzlichen Kälteeinbruch hier im eigentlich gut beheizten Coffee Shop?
»Ich verstehe«, krächzte er wieder.
»Jetzt bist du hier und du bist so nett und gibst dir Mühe und ich weiß einfach nicht mehr, was ich denken soll.«
»Ich könnte ja jetzt etwas sagen wie *wenigstens denkst du an mich.* Aber mein blöde Witze-Konto ist wegen des Latte-Spruchs leider schon leer.«
Hendrik lächelte matt und trank einen Schluck von seinem Cappuccino. »Wusstest du, dass man in Italien nur vormittags Cappuccino trinkt? Ab Mittag ist Espressozeit.«
»Kommt es oft vor, dass du in Gesprächen über deine Gefühle plötzlich über Kaffee sprichst?«, fragte Jasper.
Himmel, Hendrik war so verdammt süß. Wie hatte Jasper es überhaupt geschafft, einfach abzuhauen? Heute fiel es ihm ja schon schwer, so weit von ihm entfernt zu sitzen – immerhin waren sie durch den niedrigen Tisch voneinander getrennt.
Das Glöckchen an der Tür klingelte und Jasper verrückte kaum merklich seinen Sessel, damit man sein Gesicht nicht sehen konnte.
»Kaffee ist ein sehr emotionales Thema für mich«, scherzte Hendrik, wurde dann aber wieder ernst. »Ich spreche immer gern darüber. Aber wenn ich nervös bin, dann besonders gern. Kaffee ist … mein sicherer Hafen.« Er zuckte mit den Schultern.
Jasper schluckte gegen den Kloß in seinem Hals an. Wie sehr musste er Hendrik verletzt haben, wenn er jetzt einen sicheren Hafen brauchte, um sich vor Jasper zu schützen?
Aber auch wenn er die Strafe verdient hatte – Jasper hatte sich selbst damit genauso geschadet. Er hatte Hendrik ebenfalls nicht vergessen. In all der Zeit.

»Ich wollte dir nicht wehtun. Ich habe einfach nicht nachgedacht. Total bescheuert. Das weiß ich«, sagte Jasper, wohlwissend, dass das sein Verhalten nicht rechtfertigte.
Hendrik fuhr sich durch die Haare. »Ich würde dir gern glauben.«
»Warum?«
»Hm?«
»Warum würdest du mir gern glauben? Warum lässt du mich nicht abfahren?«
Wenn es irgendetwas gab, an dem er sich festhalten konnte, das ihm Hoffnung gab, dann musste er das wissen. Zumindest hieß das soeben Gesagte wohl, dass Hendrik Single war. Das war immerhin schon mal etwas.
Hendrik flüsterte fast: »Ich weiß es nicht«, erwiderte er mit gesenktem Blick. »Vielleicht weil …«
»Weil?«, drängte Jasper.
Hendrik war fast so groß wie Jasper und etwas kräftiger gebaut als er. Dennoch wirkte es gerade fast so, als verschwinde er in seinem lilafarbenen Sessel. Er sah so verloren aus, so verletzlich. Und Jasper hatte ihm das Herz gebrochen.
»Weil ich in Utrecht das Gefühl hatte, dass da etwas war zwischen uns. Ich habe zweieinhalb Jahre lang versucht, mich vom Gegenteil zu überzeugen. Aber …«
Hendrik ließ den Satz offen in der Luft hängen, aber das machte nichts. Was er gesagt hatte, war mehr als genug für Jasper.
Er hatte es also auch gespürt. Nun musste Jasper dafür sorgen, dass er wieder darauf vertrauen konnte.
»Ich werde nicht aufgeben. Egal, wie lange es dauert.«
Hendrik lächelte traurig. »Was ist, wenn es dir nicht gelingt, mich zu überzeugen?«
»Dann versuche ich es so lange, bis einer von uns stirbt.«

»Du bist eher düster-romantisch veranlagt, kann das sein?«
»Solange du mich romantisch findest, bin ich zufrieden.«
Hendriks Augen blitzen, als er versetzte: »Immerhin hast du mir meine Lieblingsschokolade mitgebracht.«

***

»Ich stelle es mir total schön vor, dauerhaft am Meer zu leben. Jedenfalls bin ich jetzt zwei Wochen hier und will gar nicht mehr weg«, sagte Jasper.
Er lehnte mit der Hüfte am Tresen. Liridon hatte vorhin weggemusst, um etwas bei einem Lieferanten abzuholen, der diese Woche wegen einer Autopanne nicht selbst ausliefern konnte. So musste Hendrik natürlich an der Theke stehen. Jasper leistete ihm Gesellschaft und das genoss Hendrik viel zu sehr.
Warum fand er es so schön, Zeit mit Jasper zu verbringen? Diese unerklärliche Vertrautheit, die er schon an dem Abend in Utrecht gespürt hatte, war immer noch da. Trotz allem.
Hendrik leerte den Wassertank der Kaffeemaschine im Spülbecken, spülte ihn aus und füllte dann neues Wasser ein. »Ich bin vor einem halben Jahr hergezogen. Eigentlich dachte ich, dass ich mich mit der Zeit daran gewöhne. Aber jeden Tag bin ich aufs Neue total begeistert.« Er verband den Tank wieder mit der Maschine. »Wie lange bleibst du denn eigentlich?«
»Erst mal zwei Monate. Aber vielleicht auch länger. Mal sehen.«
»Geht das denn von deinem Job her?«
Jasper schaute irgendwie seltsam, als er antwortete: »Ja, es muss gehen. Ich brauche dringend eine Pause.«
»Macht deine Arbeit dir keinen Spaß mehr?«

Jasper seufzte leise. »Wenn ich ehrlich bin, hat mir schon ziemlich lange nichts mehr Spaß gemacht.«
»Das lag bestimmt an mir«, witzelte Hendrik.
Jaspers Blick war ernst, als er erwiderte: »Ich glaube schon, dass das eine wichtige Rolle gespielt hat.«
Hendrik stützte sich mit den Ellbogen auf die Theke und zwang sich zu einem möglichst souveränen Grinsen. »Darf ich dich daran erinnern, dass du gegangen bist?«
»Musst du nicht. Das weiß ich nur zu gut. Ich bereue es immer noch.«
Hendrik wusste ja, dass er Jasper nichts glauben durfte. Aber er glaubte ihm trotzdem.
»Warum magst du deinen Job denn nicht mehr?«
»Ich glaube, es liegt daran, dass ich bei der Arbeit nie ich selbst sein kann. Ich spiele immer eine Rolle. Auch wenn mich meine Arbeit an sich interessiert, kann ich es nicht genießen. Verstehst du, was ich meine?«
»Ja, ich glaube schon. Ich habe auch manchmal das Gefühl, dass ich eine Rolle spielen muss.«
»Beim Kontakt mit der Kundschaft, meinst du?«
»Genau. Die Leute erwarten, dass ich fröhlich und offen auf sie zugehe. Das fällt mir aber schwer.«
»Ich finde, du machst das toll. Die Leute mögen dich.«
Hendrik runzelte die Stirn. »Meinst du?«
»Der Typ mit dem doppelten Espresso vorhin hatte jedenfalls Herzchen in den Augen.«
Hendrik lachte verlegen. »Ich glaube, der mag einfach unseren Kaffee.«
»Dann hätte er dem Kaffee auf den Hintern geschaut, nicht dir.«
»Äh. Ja, wie auch immer. Jedenfalls muss ich meine Schüchternheit bei der Arbeit möglichst verstecken. Aber für mich überwiegt der positive Teil. Beratungsgespräche machen

mir sogar Spaß, wenn sie einmal laufen. Da kann ich schließlich über Kaffee reden.«
»Hast du mit dem Espresso-Fritzen auch schon über Kaffee geredet?«
»Ja, oft. Er hat sich durch ein paar unserer Sorten probiert. Jetzt haben wir die herausgefunden, die ihm am besten schmeckt. Warum fragst du?«
»Wenn du über Kaffee redest, bist du noch unwiderstehlicher als sonst.«
Hendrik schnaubte. »Du konntest mir ja schon sehr gut widerstehen.«
Jasper zuckte regelrecht zusammen. »Ich glaube, für Witze über dieses Thema ist es mir noch zu früh.«
Hendrik schwieg und betrachtete die schwarze Holzplatte des Tresens. Er hatte die ganze Zeit über geglaubt, dass es Jasper leicht gefallen war, zu gehen. In dem Moment war das wohl auch so gewesen. Aber er hatte es später anscheinend wirklich bereut. Also hatte Hendrik gar nicht allein darunter gelitten.
Jasper hatte einen Fehler begangen. Jetzt versuchte er, ihn wiedergutzumachen. Das war doch eigentlich okay. Oder?
»Hat der Espresso-Typ dich schon mal nach deiner Nummer gefragt?«
»Nein.«
»Nach einem Date?«
Hendrik zögerte. Der Kunde hatte sich tatsächlich mal mit ihm treffen wollen. Hendrik hatte abgelehnt. Die Aussicht darauf, einen ganzen Abend mit einem Wildfremden zu verbringen, hatte ihm irgendwie Angst gemacht. Was, wenn sie einander doch nichts zu sagen hatten? Wenn Hendrik ihn womöglich als Kunden vergraulte? Ehrlich gesagt war er gar nicht auf die Idee gekommen, dass das als Date gemeint gewesen sein könnte. Doch so, wie Jasper das jetzt formulierte … vielleicht täuschte Jasper sich aber auch.

»Nee.«
»Das klingt nicht sehr überzeugt.«
»Naja, er wollte mal mit mir zu so einem Coffee Tasting-Event. Aber das wäre kein Date gewesen. Er wollte meinen fachlichen Rat.«
»Sicher doch. Soll ich dir sagen, was er noch wollte?«
Hendrik richtete sich auf. »Wie es aussieht, wollen alle immer nur Sex von mir.«
»So war das nicht gemeint«, sagte Jasper leise. »Ich wollte damals schon mehr. Das habe ich bloß zu spät gemerkt.«
»Warum hast du mich dann nicht kontaktiert? Du wusstest doch, wo ich arbeite. Du hättest wiederkommen können.«
»Ich habe mich geschämt. Als mir klar wurde, dass ich einen Fehler gemacht hatte, waren schon ein paar Wochen vergangen. Ich dachte, nach der Zeit hast du sicher kein Interesse mehr. Wenn du überhaupt jemals welches gehabt haben solltest.«
»Wie kommt es, dass du es jetzt doch versuchst?«
Jasper rieb sich über den Nacken. »Ich sage doch, du bist unwiderstehlich.«
»Soll ich noch ein bisschen über Kaffee reden?«
Hendrik war sich nicht ganz sicher, aber flirtete er womöglich gerade mit Jasper? War das eine gute Idee?
»Du willst doch bestimmt nicht, dass ich hier mitten im Laden über dich herfalle, oder?« Jasper schaute vielsagend zu den beiden besetzten Fenstertischen.
Hendrik zuppelte am Kragen seines Pullis herum. Diese Vorstellung sollte er nicht so heiß finden, wie er es tat.

***

Jasper strich mit der Hand über einen krumm gewachsenen Baumstamm, auf dessen Oberfläche eine zentimeterdicke

Schneeschicht lag. Sie fühlte sich kalt an, weich, feucht. Echt. Alles hier in Frederstadt war so echt.
Vor allem Hendrik, auch wenn der sich bestimmt nicht kalt anfühlte. Jasper erinnerte sich noch immer genau daran, wie warm Hendriks Haut unter seinen Fingerspitzen gewesen war. Warm und samtig.
Er presste die Lippen aufeinander.
Ob Hendrik ihm wohl noch eine Chance geben würde? Verdient hatte er sie nicht. Aber was hatte er schon verdient? Das Penthouse in Köln? Das teure Auto? Die Goldenen Schallplatten? Die Fanclubs? Die Schlagzeilen? Dass mehr als eine Million Menschen seinen Social Media-Accounts folgten?
Jasper steckte die Hände in die Hosentaschen und ging um eine Schneewehe herum. Nun hatte er den Sandstrand erreicht. Er sah sich um, doch es war niemand zu sehen. Auch nicht Arne und Käpt'n.
Jasper hätte heute Vormittag die Gelegenheit gehabt, Hendrik von seinem Job zu erzählen. Stattdessen hatte er erfolgreich um die Wahrheit herumgeredet. Hendrik hingegen war ehrlich. Er öffnete sich ihm wirklich. Obwohl Jasper ihn so verletzt hatte.
Er hatte das ungute Gefühl, dass er einer der Gründe für Hendriks Umzug gewesen war. Natürlich war es schön, dass er jetzt hier lebte. Mehr als schön. Sonst wären sie sich vielleicht nie wieder begegnet. Aber Jasper wollte nicht daran schuld sein, dass Hendrik seine Heimatstadt verlassen hatte.
»Jasper!«, hörte er jemanden rufen und fuhr erschrocken herum.
Hendrik kam auf ihn zu, den Dünenweg herab.
Seine Wangen waren von der Kälte gerötet und unter der beigefarbenen Wollmütze schauten seine widerspenstigen Locken hervor.

Jasper fürchtete, ziemlich debil zu grinsen. »Ich habe gerade an dich gedacht«, gestand er, als Hendrik ihn erreicht hatte.
Dessen Wangen wurden noch eine Spur röter. »Ach, wirklich?«
»Ja.« Jasper zwinkerte ihm zu.
Hendrik lachte nervös. »Will ich wissen, was genau?«
»Unter anderem, dass ich eine zweite Chance bei dir gar nicht verdient habe. Aber das darf ich dir natürlich nicht sagen.«
»Unter anderem? Wie mysteriös.«
»Ist gar kein Geheimnis. Ich habe an Utrecht gedacht. An unsere gemeinsame Nacht.«
»Es war ja keine ganze Nacht. Ich bin wach geworden, als die Sonne aufging. Da warst du schon weg«, versetzte Hendrik, sah ihn herausfordernd an und hielt auf den Meeressaum zu. Dort blieb Hendrik stehen und zog eine Grimasse, als Jasper ihn eingeholt hatte. »Tut mir leid.«
»Dir? Wieso dir?«
»Ich reite immer auf diesem Thema herum. Dabei ist ja offensichtlich, dass dir das unangenehm ist.« Er seufzte und zog den Reißverschluss seiner Jacke höher.
»Ich glaube, das habe ich verdient«, sagte Jasper leise und hielt ihm die Tüte hin, die er in der Hand hielt und zwischenzeitlich ganz vergessen hatte.
Mit Hendrik vergaß er alles um sich herum.
»Hier. Den wollte ich dir eigentlich morgen mitbringen. Aber du siehst gerade so aus, als könntest du ihn gebrauchen.«
Hendrik streckte die Hand aus, zögerte dann aber. »Du musst mir nicht immer etwas schenken.«
»Ich weiß. Ich habe auch nicht vor, dich mit Geschenken zu bestechen. Aber ich habe ihn gesehen und direkt an dich gedacht.«
»Dann bin ich ja mal gespannt«, sagte Hendrik lächelnd, nahm ihm die Tüte ab und schaute hinein. »Ist das …« Er

griff nach dem kaffeebohnenfarbenen Strickschal und zog ihn heraus. »Wow, ist der schön.«

Hendriks Lächeln wärmte Jasper von innen.

»Darf ich?«, fragte Jasper, nahm auf Hendriks Nicken hin den Schal und drapierte ihn um dessen Hals. »Steht dir.«

Hendrik lachte atemlos. »Danke schön.« Er strich über den weichen Strick. »Fühlt sich gut an.« Er zögerte sichtlich, doch dann machte er einen Schritt auf Jasper zu und umarmte ihn.

Jasper musste sich zwingen, die Umarmung ganz normal zu erwidern, sich nicht an Hendrik zu klammern wie ein Ertrinkender.

Viel zu schnell ließ Hendrik ihn wieder los und hinterließ eine Leere, die Jasper nur allzu bekannt vorkam.

Hendrik biss sich auf die Unterlippe und betrachtete seine schnee- und sandverkrusteten Winterstiefel. »Das ist sehr lieb von dir.«

Jasper berührte Hendrik an der Hand. »Ich freue mich, dass du dich freust.«

War das jetzt der Moment, in dem er Hendrik noch mal nach einem privaten Treffen fragte?

Jasper wollte so gern mehr Zeit mit ihm verbringen. Sich nicht mit Besuchen im Coffee Shop und zufälligen Begegnungen zufrieden geben müssen. Aber er musste vorsichtig sein, durfte nicht zu schnell zu viel fordern.

Hendrik hatte selbst gesagt, dass er Zeit brauchte, und Jasper hatte ihm alle Zeit der Welt versprochen.

Hendrik sah ihn an und lächelte flüchtig. »Glück für dich, dass wir uns zum ersten Mal im Laden begegnet sind und nicht am Strand. Hier hätte ich einfach weggehen können.«

»Das hättest du gemacht?«

»Ja, ich glaube schon. Naja, wenn ich ehrlich bin … es war nicht nur Glück für *dich.«* Er lachte atemlos.

Jasper konnte nicht anders als breit zu grinsen. »Wolltest du einen Strandspaziergang machen?«
»Nein, ich bin hier, um Kaffee zu pflücken«, versetzte Hendrik.
Jasper lachte. »Wenn das so ist, komme ich besser mit.«
»Sehr unauffällig, wie du dich aufdrängst.«
»So bin ich nun mal. Total unauffällig. Wo gehen wir entlang?«
»Richtung Leuchtturm«, erwiderte Hendrik, hakte sich bei Jasper unter und zog ihn mit sich.
Jasper hatte Mühe, sich auf Hendriks nächste Worte zu konzentrieren, so aufregend fühlte sich diese Berührung an, selbst wenn er Hendriks Haut durch die dicken Winterjacken nicht spüren konnten.
Wie schön es war, derart mit ihm verbunden zu sein.
»In die andere Richtung bin ich gestern schon mit Arne und Käpt'n gegangen«, erzählte Hendrik.
»Seid ihr befreundet?«
Hendrik zögerte. »Vielleicht werden wir Freunde. Arne ist Stammkunde bei uns und arbeitet …«
»… in der Tierarztpraxis.«
»Ihr kennt euch?«, fragte Hendrik überrascht.
Scheiße. Das war Jasper so herausgerutscht. Arne wusste doch, wer er war. Wenn Hendrik mit Arne über ihn redete, dann … es wurde Zeit, dass er Hendrik die Wahrheit sagte. Das musste sein. Jetzt.
»Flüchtig.« Jasper holte tief Luft.
Wie sollte er anfangen? Wie konnte man so etwas erklären?
Doch noch ehe er die richtigen Worte gefunden hatte, fuhr Hendrik fort: »Ich hoffe, dass wir Freunde werden. Arne und ich, meine ich. Er ist sehr nett und … naja, ich habe hier in Frederstadt noch nicht so richtig Anschluss gefunden. Nicht dass ich in Utrecht einen großen Freundeskreis gehabt hätte.

Ich bin nicht so der Typ für Gruppenaktivitäten. Oder Partys. Ich brauche viel Zeit für mich und …«, er lachte nervös, »naja, ehrlich gesagt fällt es mir schwer, Leute kennenzulernen.«
Sag es ihm, drängte Jaspers Verstand. Jetzt ist der falsche Zeitpunkt, sagte sein Herz.
»Das verstehe ich«, erwiderte Jasper und drückte Hendriks Arm. »Wie kam es eigentlich zu dem Umzug?«
Hendrik sah stur geradeaus, als er erwiderte: »Ich brauchte einen Neuanfang. Und ja, bevor du fragst, das hatte auch mit dir zu tun.«
Jasper schluckte. »Ich …«
»Ich weiß.« Hendriks Stimme klang herzlicher, als Jasper es verdient hätte. »Lass uns nach vorne schauen, okay?«
»Zum Leuchtturm?«, witzelte Jasper.
»Ja. Oder wir können uns gemeinsam auf den neuen Kaffee freuen, den wir ab Montag im Programm haben. Heute konnte Liridon nur eine kleine Probe zum Probieren mitbringen. Aber am Montag kommen einige Tüten. Er kommt aus São Tomé und Príncipe, das ist ein Inselstaat vor der westafrikanischen Küste. Der Kaffee wird natürlich nass aufbereitet, fermentiert und …«
Machte Hendrik das mit Absicht? Wollte er Jasper aus dem Konzept bringen? Ein Seitenblick zu ihm zeigte Jasper jedoch, dass Hendrik einfach nur in seinem Element war. Und verdammt süß dabei.

***

»Möchtest du einen Espresso?«, fragte Hendrik und trat von einem Bein aufs andere.

Es war ein Fehler gewesen, Jasper zu sich einzuladen, oder? Noch vor der Haustür hatte Hendrik das für einen guten Einfall gehalten.
Aber jetzt standen sie im einzigen Zimmer seiner kleinen Wohnung, das Bett so offensichtlich präsent, dass er an seinem Verstand zweifelte.
Das hier war viel zu privat. Seine Wohnung war sein Rückzugsort, sein eigenes kleines Reich. Bis auf den Handwerker, der vor ein paar Wochen den Durchlauferhitzer ausgetauscht hatte, war seit Hendriks Einzug niemand anderes hier gewesen.
Nun stand Jasper mitten im Zimmer und lächelte ihn an und Hendrik hatte keine Ahnung, was er sich wohl dabei gedacht hatte.
»Ich will nicht mit dir ins Bett«, sagte er und hätte sich im nächsten Augenblick am liebsten selbst erwürgt. »Ich meine, ich … deshalb habe ich nicht … ich dachte nur …« Er presste die Lippen aufeinander, ehe er es noch schlimmer machen konnte.
Jaspers Mundwinkel zuckten. »Das habe ich mir gedacht. Und ja, ich nehme gern einen Espresso.«
Hendrik nickte wortlos und verschwand in der Küche. Wie peinlich. Wie verdammt peinlich.
Er fuhrwerkte an seiner kleinen Kapselmaschine herum, füllte Wasser in den Behälter und bemerkte dann, dass er Jasper gar nicht gefragt hatte, welche Kaffeesorte er wollte.
»Scheiße«, murmelte er und ging durch den Flur wieder zurück.
Jasper stand am einzigen Fenster des Zimmers, aus dem man mehr sehen konnte als den Himmel. Es gab noch zwei Dachfenster, eines davon in der Schräge über Hendriks Bett.
»Karamell oder Rauch?«, fragte Hendrik und blieb im Türrahmen stehen.

Jasper drehte sich um und sah ihn fragend an.
»Ich meine, möchtest du einen Kaffee mit Karamellnote oder eher einen mit rauchigem Nachgeschmack?«
»Such du aus. Du bist doch der Fachmann.«
»Okay. Dann Karamell.« Hendrik flüchtete wieder in die Küche.
Genau wie der Rest der Wohnung war sie maritim eingerichtet. Fast alles war weiß, nur ein alter Buffetschrank aus Kirschholz stand an einer der Wände.
Viel zu schnell waren die beiden Espressi durchgelaufen. Er stellte die Tassen lieber auf ein Tablett, weil seine Hände so zitterten, und trug es ins Wohnzimmer.
Dort stellte er es auf dem kleinen Esstisch ab. »Setz dich doch.«
»Danke.« Jasper nahm Platz und trank gleich einen Schluck. »Gute Wahl.«
»Schön, dass es dir schmeckt.« Hendrik setzte sich zu ihm.
»Möchtest du, dass ich wieder gehe?«, fragte Jasper sanft.
Ertappt schaute Hendrik auf. »Wie kommst du darauf?«
»Du wirkst irgendwie seltsam, seit wir hier sind.«
»Nein. Ich möchte, dass du bleibst«, erwiderte Hendrik wahrheitsgemäß.
Die Vorstellung, sich jetzt von Jasper zu verabschieden, behagte ihm nämlich kein bisschen.
»Kaffee scheint echt dein Ding zu sein«, sagte Jasper grinsend und wies zu dem Bücherregal, das halb unter eine Schräge gebaut war.
Mindestens die Hälfte der Titel darin hatte mit Kaffee zu tun.
»Ja, stimmt. Kaffee ist für mich wie Musik für dich.«
Hendrik hatte noch vor Augen, mit welchem Enthusiasmus Jasper über das Thema gesprochen hatte. Er kam aus einer sehr musikalischen Familie. Seine Schwester spielte Klarinette, seine Mutter war Gesangslehrerin, der Vater

Klavierbauer. Wenn Hendrik sich recht erinnerte, war Jaspers Großvater ein weltberühmter Dirigent gewesen. Jasper selbst spielte Klavier und Gitarre. Jedenfalls hatte er Hendrik das erzählt. Stimmte das überhaupt? Mit einem Mal hatte Hendrik gar keine Lust mehr auf Espresso.

»Nachdem wir uns wiedergetroffen hatten, habe ich zum ersten Mal seit Ewigkeiten wieder ein Lied geschrieben.«

Hendrik blinzelte ein paarmal. »Du kannst selbst Lieder schreiben? Wow.«

Das war die Wahrheit. Er spürte es.

»Die will leider niemand hören. Aber es macht mir Spaß.« Jasper rieb sich über den Nacken.

»Um was geht es in dem neuen Lied?«

»Ums Ankommen.«

»Bist du das denn? Angekommen?«

Jasper trank einen weiteren Schluck Espresso. »Nein, noch nicht. Aber ich bin endlich auf dem richtigen Weg.«

»Wohin führt er denn, dieser Weg?«

»Zu dir. Zu *uns*. Hoffentlich.«

***

Hendriks Wohnung war so ähnlich eingerichtet wie Jaspers Unterkunft. Doch die Atmosphäre hier war ganz anders. Viel heimeliger. Das hier war ganz offensichtlich keine Ferienwohnung, sondern ein Zuhause. *Hendriks* Zuhause, was vermutlich den größten Unterschied machte.

Jasper hatte kaum seinen Ohren getraut, als Hendrik ihn am Ende ihres Spaziergangs zu sich eingeladen hatte. Es war wohl eine spontane Idee gewesen; Hendrik hatte selbst überrumpelt gewirkt. Sie waren an seinem Haus vorbeigekommen und da hatte er Jasper gefragt, ob dieser noch mit reinkommen wollte.

Nun saßen sie schon mehrere Stunden zusammen und redeten über alles, alles und noch mal alles – abgesehen von Jaspers wahrem Job.
Feigling, tönte eine fiese kleine Stimme in seinem Hinterkopf, doch er blendete sie aus. Viel zu schön war es hier mit Hendrik, wie sie gemütlich beisammen saßen, redeten, lachten. Ihre Beine berührten sich unter dem Tisch, ihre Fingerspitzen strichen über den Unterarm des jeweils anderen. Wie sollte Jasper diese verzauberte Atmosphäre zerstören?
»Es schneit«, sagte Hendrik plötzlich und das Strahlen auf seinem Gesicht, als er aus dem Fenster schaute, fuhr Jasper mitten ins Herz.
Er wollte, dass Hendrik immer so zufrieden aussah wie jetzt gerade, fast schon glücklich. Und er wollte der Grund dafür sein.
Jasper konnte nicht anders als zu lächeln. »Magst du Schnee?«
»Klar. Du etwa nicht?«
»Doch. Aber du siehst aus, als ob du jeden Moment einen Freudentanz aufführst«, neckte Jasper.
Hendrik lachte und legte die Hände um den großen Becher mit dampfendem Tee. Nach zwei Tassen Espresso waren sie zu Tee gewechselt. Überraschenderweise hatte Kaffeefreak Hendrik davon auch eine beeindruckende Auswahl in seiner Küche. Gerade tranken sie einen Gewürztee mit Ingwer. Er schmeckte ein bisschen scharf und ein bisschen schokoladig. Kurz gesagt: Der Tee war genau wie Hendrik – sexy *und* süß.
»Ich finde, mit Schnee sieht alles so friedlich aus. So … rein irgendwie.« Hendrik lachte verlegen. »Klingt bescheuert.«
»Überhaupt nicht. Ich höre dir gern zu.«
Lächelnd schaute Hendrik in seine Tasse. »Mit Schnee ist alles gedämpft. Es ist stiller und man fühlt sich, äh, alleiner.« Er runzelte die Stirn. »Das ist nicht das richtige Wort, oder?«

»Allein kann man nicht steigern«, antwortete Jasper. »Aber wenn du das sagst, hört es sich trotzdem richtig an.«
Hendrik biss sich auf die Unterlippe. »Du bist noch genauso gut im Flirten wie in Utrecht. Vielleicht hast du ja in der Zwischenzeit sogar noch dazugelernt.«
Die Frage, die unausgesprochen im Raum schwebte, konnte Jasper zumindest ehrlich beantworten.
»Nach dir gab es noch zwei, drei andere Männer. Für eine Nacht«, zwang er sich auszusprechen.
Hendrik nickte stumm.
»Aber ich habe schnell gemerkt, dass unverbindlicher Sex nichts mehr für mich ist. Nicht nach … du weißt schon.«
Hendrik fuhr sich mit der Zunge über die Unterlippe. »Bei mir gab es niemanden seit dir.«
Jasper griff nach Hendriks Hand, verflocht ihre Finger miteinander. »Ehrlich gesagt bin ich darüber ein bisschen froh.«
»Ach ja? Du darfst Spaß haben und ich nicht?«, stichelte Hendrik.
»Es hat nicht einmal sonderlich viel Spaß gemacht.«
»Du Ärmster. Du hast mein vollstes Mitgefühl. Aber wenn du jetzt fragst, ob wir die zwei Jahre mal eben aufholen wollen, fliegst du raus.«
Lachend erwiderte Jasper: »Hatte ich nicht vor.«
Er hatte wirklich nicht vor, etwas Derartiges vorzuschlagen. Doch das bedeutete nicht, dass er nicht daran dachte. Immerhin befanden Hendrik, er und dessen Bett sich zusammen auf kleinem Raum. Hendriks Augen strahlten, sein Lächeln wärmte noch mehr als der Tee; er hatte leise Jazzmusik aufgelegt und draußen fielen dicke Flocken vom Himmel, während es langsam dunkel wurde. Die Atmosphäre war perfekt. Perfekt für romantische Stunden zu zweit. Perfekt für einen Song. Einen Song über Hendrik. Über alles,

was Jasper ihm gern sagen wollte. Die Gefühle, die sich längst von seinem Herzen aus im ganzen Körper ausgebreitet hatten.

Widerwillig ließ Jasper Hendriks Hand los und stand auf. »Ich muss mal kurz etwas aus meiner Jacke holen«, erklärte er und ging in den Flur, wo sein Anorak am Garderobenhaken hing.

»Alles okay?«, rief Hendrik ihm nach.

Mit seinem Notizbuch in der Hand kehrte Jasper zurück. »Ich hatte gerade eine Songidee, die ich unbedingt aufschreiben muss.«

»Geht es zufällig um Kaffee?«

»Unter anderem«, erwiderte Jasper schmunzelnd, setzte sich und notierte die Songzeilen, die ihm gerade eingefallen waren. Als er das Notizbuch wieder zuklappen wollte, fiel ihm jedoch die perfekte Überleitung zum Refrain ein, dann der Refrain. »Sekunde, bitte«, murmelte er.«

Monatelang hatte er nichts geschrieben und jetzt innerhalb kurzer Zeit gleich zwei Songs.

Als er von seinem Notizbuch aufsah, lächelte Hendrik ihn an. »Du musst ja sehr inspiriert gewesen sein.«

»Du bist eben meine Muse«, versetzte Jasper und legte das zugeklappte Notizbuch auf den Tisch.

»Muss ich dich dann jetzt küssen?«, fragte Hendrik und grinste dabei nicht ganz so nonchalant wie vermutlich beabsichtigt.

»Du *musst* nicht«, sagte Jasper und nahm wieder Hendriks Hand.

Dieser wich seinem Blick aus und schaute wieder aus dem Fenster. »Singst du mir das Lied mal vor?«

»Mache ich. Ich muss noch ein bisschen dran feilen, aber dann sing ich es für dich. Versprochen.«

***

Es war schon dunkel draußen und bestimmt glatt. Es schneite. Jasper kannte sich in Frederstadt noch nicht gut aus. Er konnte sich verlaufen.
Hendrik fielen zahlreiche Gründe ein, ihn doch noch einzuladen, die Nacht bei ihm zu verbringen. Aber er wusste, dass er dann schwach werden würde. Er musste vorsichtig sein, besser auf sein Herz aufpassen. Oder war es dafür womöglich schon zu spät? Immerhin suchte er gerade nach Gründen, Jasper noch nicht gehen zu lassen, auch wenn dieser schon in seiner Winterjacke und mit Mütze und Schal ausgestattet in Hendriks Flur stand.
»Musst du morgen arbeiten?«, fragte Jasper.
Hendrik nickte.
»Dann sehen wir uns im Coffee Shop.« Jasper lächelte so süß. Ein bisschen schief, irgendwie jungenhaft und viel zu charmant.
»Okay. Mach's gut. Schreib mir, wenn du in deiner Ferienwohnung angekommen bist, ja?«
Sie hatten ihre Nummern ausgetauscht und Hendrik wusste, dass er sich darüber viel zu sehr freute. Aber es war immerhin mehr als in Utrecht. Damals hatte Jasper ihm ja nicht einmal seinen richtigen Namen gegeben. Hoffentlich stimmte die Nummer.
»Mache ich«, erwiderte Jasper und machte einen kleinen Schritt auf ihn zu. Nicht wie eine Aufforderung, sondern wie eine Frage.
Hendrik tat es ihm gleich. Nun standen sie so dicht voreinander, dass er Jaspers Atem auf seinem Gesicht spüren konnte.
Jasper hob die Hand, streichelte Hendrik über die Wange. »Ich freue mich schon darauf, dich morgen wiederzusehen.«
»Ich freue mich auch«, erwiderte Hendrik atemlos.

Jasper schluckte hörbar, sein Blick wanderte zu Hendriks Mund.
Dessen Arme hoben sich von ganz allein, legten sich um Jaspers Nacken.
»Bis morgen ist es noch so lang«, murmelte Jasper.
War das Wunschdenken oder kam Jaspers Gesicht Hendrik immer näher? Nun berührten sich ihre Nasenspitzen.
»Wenn du nicht möchtest, dass ich dich küsse, wäre jetzt ein guter Zeitpunkt, mir das mitzuteilen«, flüsterte Jasper.
Natürlich wollte Hendrik nicht, dass Jasper ihn küsste. Aber gleichzeitig wollte er es so sehr. Zu sehr. Viel zu sehr.
»Küss mi…«
Jaspers Lippen auf seinen, Jaspers Hände in seinem Rücken, sein starker Körper an Hendriks gepresst.
Hendrik konnte nicht mehr tun als die Augen zu schließen und Jasper sanft in die Unterlippe zu beißen, mit den Fingern durch die Haare fahren, die im Nacken unter seiner Mütze hervorlugten.
Als sie sich ein wenig voneinander zurückzogen und Jasper seine Stirn an Hendriks lehnte, waren sie beide außer Atem.
»Sag jetzt bloß nichts über Kaffee«, krächzte Jasper.
Hendrik lachte. »Ich bin mir nicht sicher, ob mir überhaupt etwas einfallen würde.«
Jasper fuhr mit dem Daumen Hendriks Unterlippe nach. »Ich will nicht gehen.«
»Ich will das auch nicht«, entfuhr es Hendrik. »Aber du musst gehen.«
»Ich weiß.« Jasper seufzte leise und trat einen Schritt zurück. »Wenigstens habe ich jetzt eine Erinnerung, die mich auf dem Weg zur Ferienwohnung wärmt.«
Hendrik strich über Jaspers Brust, doch er fühlte nur das Futter der Jacke, nicht die Konturen seines Oberkörpers. »Schreib mir, ja?«

Jasper nickte. »Bis gleich.« Er griff nach der Türklinke. »Schau mich nicht so an, wenn du willst, dass ich gehe.«
Hendrik lachte verlegen und senkte den Blick, betrachtete seine Füße in den grau geringelten Socken. »Besser?«
»Geht so.«
Jasper strich ihm mit den Fingerspitzen über den Arm. »Bis dann«, sagte er und verließ Hendriks Wohnung.
Hendrik schloss die Tür hinter ihm und lehnte sich mit dem Rücken dagegen. Sein Herz klopfte wie verrückt.
In ihrer ersten Nacht hatten sie sich auch geküsst, aber … anders. Jetzt, da Hendrik den Unterschied kannte, merkte er es ganz deutlich: In Utrecht war es vor allem um Sex gegangen. Nun ging es um mehr. Viel, viel mehr.
Er drückte die Hand auf seine Brust und schloss die Augen. Jasper fehlte ihm jetzt schon. Er wusste bereits, dass er die ganze Nacht an ihn denken würde. Sich vorstellen würde, dass Jasper bei ihm war. Im Bett.
Hendrik biss sich auf die Unterlippe und strich mit seiner Hand weiter hinab. Über seinen Bauch, den er eigentlich nicht mochte, weil er sich zu weich anfühlte. Aber wenn er sich vorstellte, dass es Jaspers Hand war, die ihn berührte, fühlte er sich einfach nur … nun ja, unwiderstehlich. Weil Jasper das immer sagte. Weil er ihn immer so ansah. Weil es ihm genauso schwergefallen war, zu gehen, wie es Hendrik schwergefallen war, ihn gehen zu lassen.
Vor Hendriks innerem Auge verschwammen die beiden Jaspers – oder eher Julian und Jasper. Die Version aus Utrecht mit der von heute.
Hendrik spürte wieder Jaspers warmen Körper, der ihn mit dem Rücken gegen die Wand der Hotelsuite drückte, seinen Hosenknopf öffnete. Jasper war das schneller gelungen als Hendrik gerade, seine Hände hatten nicht gezittert.

Hendrik schob die Hand unter den Bund seines Hipsters und spürte Jaspers warme, weiche Lippen an seinem Hals, wie sie an der Haut dort knabberten, hörte Jaspers Atem, als er die Finger um Hendriks Härte schloss.
»Du fühlst dich gut an«, raunte Jasper ihm ins Ohr, während Hendrik mit festem Griff seine Erektion auf und abstrich, seinen eigenen Berührungen mit seinem Becken entgegenkam.
»Jasper«, stöhnte er leise und strich mit dem Daumen über seine Spitze, verteilte die ersten Tropfen.
Jaspers Mund wanderte von Hendriks Hals zu dessen Ohr und er flüsterte: »Komm für mich.«
Im nächsten Moment ergoss Hendrik sich in heißen Schüben über seine Hand.
Als er die Augen öffnete, war Jasper verschwunden. Er stand allein in seinem Flur und vermisste Jasper mehr, als es nach so wenigen Minuten möglich sein sollte.
Sein Handy piepste im Wohnzimmer. Hendrik wischte seine Hand an dem Hipster ab, der jetzt ohnehin in die Wäsche musste, knöpfte seine Hose zu und eilte ins Wohnzimmer.
*Bin angekommen und tue so, als ob du bei mir wärest,* hatte Jasper geschrieben, gleichzeitig hatte er ein Foto von einer gefüllten Kaffeetasse geschickt.
Ich auch, dachte Hendrik und seine Wangen brannten bei der Vorstellung, dass Jasper herausfinden könnte, woran er gerade gedacht und was er dabei getan hatte.

***

Jasper atmete tief ein und genoss den aromatischen Kaffeeduft. Der normale Supermarktkaffee, den Frau Hansen für ihn gekauft hatte, roch zwar nicht so gut wie der aus dem Coffee Shop. Doch es reichte aus, um Jasper das Gefühl zu geben, dass Hendrik zumindest ein kleines bisschen bei ihm war.

*Das wäre schön*, hatte Hendrik geschrieben und ihm dann noch eine gute Nacht gewünscht.

Doch wie sollte Jasper nach so einem Tag schlafen? Auch wenn er eigentlich ruhige Stunden mit Hendrik verbracht hatte, hatten sich die Ereignisse regelrecht überschlagen. Er hatte Zeit mit Hendrik verbracht, mehr Zeit, als er zu hoffen gewagt hatte. Sie hatten geredet, sich einander angenähert und schließlich sogar geküsst.

Jasper schloss die Augen und seufzte leise. Statt auf einem der Barhocker in der Küche der Ferienwohnung wäre er jetzt viel lieber bei Hendrik im Bett gewesen – und sei es nur, um aneinander gekuschelt einzuschlafen. Mit Hendriks Arm um seinen Körper, seinem Atem an Jaspers Hals, seiner …

Das Klingeln seines Handys holte ihn zurück in die Realität.

Hendrik, schoss es sofort durch Jaspers Kopf, doch sein Smartphone verkündete einen Anruf von Tilda.

»Wieso klarinettisierst du nicht?«, fragte er statt einer Begrüßung.

»Ich habe schon klarinettisiert und klarinettisiere gleich weiter. Jetzt gerade spielen sie den Part ohne Klarinette. Außerdem heißt es *Klarinette spielen«,* erwiderte Tilda indigniert.

»Gut zu wissen. Ist sonst noch was?«

»Na, das will ich doch hoffen. Wie ist es gelaufen mit deinem Gspusi?«

Jasper verdrehte die Augen. »Das ist nicht einfach nur eine Liebelei, Tilda.«

»Du liebst ihn also?« Sie klang ungläubig.

»Ich bin jedenfalls verliebt in ihn«, sagte Jasper und wunderte sich ein wenig über sich selbst.

Jahrelang hatte er es ausgekostet, so viele eindeutige Angebote zu bekommen. Sich zu verlieben hatte er da regelrecht für Verschwendung gehalten. Warum sich auf einen Mann beschränken, wenn es doch so viele gab? War es nicht aufregender, jede Nacht etwas mit einem Neuen anzufangen?
Nein, wusste Jasper inzwischen. Noch viel aufregender war es, den Einen zu finden und sich auf ihn einzulassen.
Soweit das eben möglich war, wenn man demjenigen nicht die Wahrheit sagte. So ging das nicht weiter. Er musste mit der Sprache rausrücken. Schnellstmöglich.
»Und er in dich?«, riss ihn Tildas Stimme aus seinen Gedanken.
Jasper trank einen Schluck Kaffee. »Ich weiß es nicht. Vielleicht. Er mag mich jedenfalls. Glaube ich. Hoffe ich.«
»Glaube ich, hoffe ich. Wie wäre es, wenn du das mal rausfindest?«
»Soll ich ihn etwa fragen?«
»Warum denn nicht?«
Jasper seufzte und fuhr mit dem Zeigefinger die Maserung des Frühstückstresens nach. »Was ist, wenn er nein sagt?«
»Dann weißt du wenigstens, woran du bist. Hör mal, ich muss auflegen.«
»Sind deine Klarinettisierkünste gefragt?«
»Im Gegensatz zu dir mache ich wenigstens meine Arbeit und schlunze nicht am Meer rum, um süße Typen anzuschmachten.«
»Wenn du Hendrik kennen würdest, würdest du auch schmachten.«
»Dann stell ihn mir halt mal vor. Bis dann.«
Noch ehe Jasper etwas hätte erwidern können, hatte sie aufgelegt.

Kopfschüttelnd öffnete er sein Emailpostfach. Ole, sein Manager, hatte mal wieder geschrieben. Seufzend öffnete Jasper die Mail. Irgendwann musste er sich ja doch bei ihm melden.
Es war das übliche Blabla. *Deine Fans vermissen dich; es wird Zeit, dass du dir Gedanken um ein neues Album machst; wann gehst du wieder auf Tour?*
Jasper schaute auf die Uhr. Halb zehn Uhr abends. Um die Zeit war Ole noch im Büro.
Er meldete sich gleich nach dem ersten Klingeln. »Jasper! Endlich! Sag bloß, du hast dich entschieden, wieder aus der Versenkung aufzutauchen?«
»Ich bin gerade mal zwei Wochen weg und poste immer fleißig im Netz, damit auch ja niemand Entzugserscheinungen bekommt. Bis jetzt ist die Welt ohne mich jedenfalls noch nicht stehen geblieben.«
»Deine Auftritte bei *Fall gelöst* sind sehr gut angekommen. Wir haben eine Anfrage, ob du in der neuen Staffel auch wieder dabei sein willst. Was meinst du?«
»Nein.«
»Wie, nein?«
»Ich möchte das nicht. Es war eine spannende Erfahrung, aber nicht ganz mein Ding. Ich bin Musiker, kein Schauspieler. Es wird Zeit, dass ich mich auf meine Wurzeln besinne.«
»Deine Wurzeln?«, echote Ole. »Was soll das denn bitte heißen?«
»Ich brauche noch ein wenig Zeit für mich. Aber das heißt nicht, dass ich hier nur rumhänge. Ich habe bereits zwei Songs geschrieben und kann mir gut vorstellen, dass noch einige dazukommen.«
Ole schwieg. Schließlich sagte er: »Es freut mich, dass du so produktiv bist. Allerdings weißt du ja, dass …«
»Ich nehme gern ein neues Album auf. Mit eigenen Songs.«

»Wir bekommen es sicher hin, dass du dich demnächst mehr einbringst. Ich habe einige gute Titel für dich in der Hinterhand. Warte mal.« Im Hintergrund raschelte Papier. »Ah, hier ist es. Ich habe was über eine Affäre mit einer Frau, mit der du im Urlaub warst …«
»Ich war nicht mit einer Frau in Urlaub. Außerdem bin ich schwul.«
»Man kann den Text ja ein bisschen ändern. Oder hier, der ist auch gut. Da geht es um eine Party mit Freunden, bei der …«
Jasper legte auf.

## Kapitel 5

»Wenn ich es nicht besser wüsste, würde ich denken, du hattest verdammt guten Sex.« Liridon sah Hendrik über seinen Othello-Becher hinweg prüfend an.
Hendriks Wangen brannten. »Und wieso weißt du es besser?«, versetzte er.
Liridon zog die Augenbrauen hoch. »Weil du mir bestimmt erzählt hättest, wenn du jemanden kennengelernt hättest, und du nicht auf spontane One-Night-Stands stehst. Gibt es da etwas, das ich wissen sollte?«
Hendrik biss sich auf die Unterlippe, fürchtete aber, dass er gerade ziemlich breit grinste.
»Es ist dieser Julian, oder?«
Hendrik nickte und holte tief Luft. »Eigentlich hei…«
Die Glöckchen an der Tür unterbrachen ihn. Mit einem Schwall kalter Luft und vereinzelten weißen Flöckchen kam Arne hereingeschneit.
»Moin.« Liridon stellte seinen Becher auf dem Tresen ab. »Wir dachten schon, du hast uns vergessen.«
Arne grinste. »Nee, keine Sorge. Ich musste heute Morgen nur ganz früh in die Praxis. Gestern hat sich spontan eine dringende OP ergeben. Weil Max nicht da ist, musste Karl den Termin vor den Beginn der Sprechstunde legen. Deshalb brauche ich jetzt ganz dringend Koffein. Moin, Hendrik.«
»Moin«, erwiderte Hendrik.
»Wie immer?«, fragte Liridon.
Arne wies auf dessen Becher. »Was trinkt denn der Chef?«
»Othello. Hendrik ist gerade dabei, mich zu überzeugen, den ins Angebot aufzunehmen.«
»Was ist das?«

»Eine österreichische Kaffeespezialität mit Espresso und heißer Schokolade.« Liridon warf Hendrik einen vielsagenden Blick zu.
»Klingt gut. Nehme ich.« Arne lächelte Hendrik an. »Wie kommst du jetzt auf das Getränk?«
Liridon pfiff den Hochzeitsmarsch und wischte beiläufig über den Tresen.
Hendrik konzentrierte sich ganz auf seine Handgriffe an der Kaffeemaschine.
»Ich habe gar keine Hochzeitseinladung bekommen«, scherzte Arne.
Hendrik lachte atemlos. »Wir haben uns genau einmal privat getroffen und das auch noch zufällig.«
»Aha«, sagte Arne in bedeutungsschwerem Tonfall.
Liridon und er tauschten einen Blick.
»Könnt ihr bitte nicht so tun, als wäre ich gar nicht da?«
Liridon legte ihm den Arm um die Taille und das Kinn auf Hendriks Schulter. »Schatz, meistens tust *du* ja so, als wärest du nicht da. Mit Schlabberpullis und zu weiten Hosen und so. Wobei, in letzter Zeit …«
»Meine Kleidung ist genauso meine Privatsache wie mein Liebesleben«, erwiderte Hendrik huldvoll.
»Wenn du diesen knackigen Hintern versteckst, ist das keine Privatsache, sondern ein Verstoß gegen … keine Ahnung. Menschenrechte oder so. Arne, was meinst du?«
»Ich meine, dass ich mit Max zusammen bin«, erwiderte Arne grinsend.
Hendrik stellte ihm einen Becher hin. »Wenn du Liridon sagst, dass du den ab sofort öfter trinken willst, geht er diesmal aufs Haus.«
»Kaffee mit Schokolade. Wie du nur darauf kommst …«, stichelte sein Chef.

Arne nippte. »Köstlich. Den möchte ich morgen auf jeden Fall auch wieder trinken.«
Liridon seufzte theatralisch. »Na schön. Überredet. Auch wenn ich persönlich ja der Meinung bin, dass man Kaffee nicht mit anderen Substanzen verdünnen sollte.«
»Schokolade ist keine bloße Substanz, sondern Grundnahrungsmittel«, versetzte Arne und legte die Hände um den Becher.
»Also schön. Ja, er hat mir Schokolade geschenkt. Und nein, das ist nicht der Grund dafür, dass ich schwach geworden bin.«
»Schwach geworden?«, wiederholte Liridon und Hendrik konnte seinen Tonfall nur als unanständig bezeichnen.
»Nicht so«, erwiderte er mit brennenden Wangen.
Arne lachte. »Hey, lass ihn in Ruhe. Er wird es uns schon erzählen, wenn er so weit ist.«
Liridon schnalzte mit der Zunge. »Hendrik ist mein Mitarbeiter. Sein Wohlergehen liegt mir am Herzen. Das ist alles.«
»Mir geht's gut, keine Sorge.«
Liridon strahlte ihn an. »Das freut mich. Du hast es verdient.«
»Da hat er recht«, pflichtete Arne ihm bei.
Liridon hängte den Lappen auf. »Ich gehe noch ein paar Lieferungen packen. Du kommst doch allein klar, oder, Hendrik?«
»Sicher.«
»Moin, Arne.«
»Moin.«
Liridon verschwand im Hinterzimmer.
»Du hast dich also entschieden, ihm noch eine Chance zu geben?«, fragte Arne leise.
Hendrik seufzte. »Ich weiß nicht, ob ich es entschieden habe. Ehrlich gesagt fürchte ich, ich habe gar keine Wahl.«

Arnes Mundwinkel zuckten. »Wenn das so ist, muss er es auch wert sein.«
»Wir sind uns gestern Abend zufällig am Strand begegnet, haben geredet und sind dann zu mir gegangen.« Auf Arnes überraschten Blick hin fügte Hendrik schnell hinzu: »Nur zum Reden. Und … naja, wir haben uns zum Abschied geküsst.«
»Das freut mich. Wie war der Kuss?«
»Zu kurz.«
Arne lachte. »Küsse vom Richtigen sind immer zu kurz.«
»Daran werde ich mich wohl gewöhnen müssen.« Hendrik biss sich auf die Unterlippe. »Trotzdem, ein bisschen Angst habe ich schon.«
»Verstehe ich. Verliebtsein macht Angst.«
»Danke, dass du Liridon das mit dem Othello gesagt hast.«
»Der schmeckt aber wirklich toll. Hat das was mit deinem Liebsten zu tun, oder warum hat Liridon vorhin so gefeixt?«
»Er hat mir ja Schokolade geschenkt. Da habe ich ihm einen Schoko-Latte gemacht.«
»Ich lasse das jetzt einfach mal so stehen.«
Hendrik funkelte ihn an. »Erst später ist mir eingefallen, dass ich auch einen Othello hätte machen können. Ich kann einfach nicht klar denken, wenn er in der Nähe ist.«

***

Jasper kam sich ziemlich bescheuert dabei vor, wie er hinter der Hausecke stand und wartete, dass Arne den Coffee Shop verließ. Aber Arne wusste, wer er war. Auch wenn Jasper es Hendrik heute sagen musste: Er wollte das selbst tun und ganz in Ruhe. Hendrik durfte es nicht durch so einen blöden Zufall herausfinden.

Als Arne in einer der Straßen verschwunden war, die vom Rathausplatz abzweigten, kam Jasper aus seinem Versteck hervor und überquerte den Platz.
Als er den Coffee Shop betrat, strahlte Hendrik ihn an.
Drei Tische waren besetzt, aber die Leute saßen entweder mit dem Rücken zu Jasper oder beachteten ihn nicht.
»Guten Morgen«, sagte Hendrik und verschränkte die Arme vor der Brust auf diese niedliche Weise, die Jasper schon ein paarmal bei ihm gesehen hatte.
»Guten Morgen.« Jasper blieb nicht vorn am Tresen stehen, sondern ging an die Seite, wo, wie er wusste, ein Durchgang war.
Hendrik biss sich auf die Unterlippe und lächelte verlegen, als er zu ihm kam. Ganz dicht vor ihm blieb er stehen. »Hey.«
Jasper schlang seine Arme um Hendrik, verschränkte seine Hände in dessen Rücken. »Hey.«
Hendrik legte die Hände auf Jaspers Brust. »Schön, dass du da bist.«
»Finde ich auch«, erwiderte Jasper und drückte ihm sanft einen Kuss auf die Lippen. »Okay?«, fragte er leise.
Hendrik nickte wortlos und seufzte leise, ehe er Jasper ebenfalls küsste.
»Du hast mir gefehlt«, raunte Jasper gegen Hendriks Lippen.
»Und du mir erst.« Hendrik trat wieder einen Schritt zurück. »Sorry, aber ich arbeite doch hier«, sagte er leise und lächelte verlegen.
Jasper nahm die kleine Pappschachtel aus der Jackentasche und stellte sie auf den Tresen.
»Aber Jasper, ist es dafür nicht noch ein bisschen früh?«, witzelte Hendrik.
Jasper grinste. »Keine Sorge, das ist kein Verlobungsring.«
»Ist es eine Verlobungskaffeebohne?« Hendriks Wangen schimmerten rot.

Wie konnte man bloß so verdammt niedlich sein?
»Schau einfach rein.«
Hendrik nahm die Schachtel in die Hand. »Langsam glaube ich, du hältst mich für käuflich«, neckte er und öffnete den Deckel. »Oh, wow. Jasper, ist das schön.«
»Es gefällt dir? Das ist gut. Ich war mir nicht ganz sicher. Aber es hat mich so an dich erinnert.«
Hendrik nahm das Armband heraus, das aus einem dünnen grauen Flechtband mit einem einzigen schlichten Anhänger bestand, der die Form einer Note hatte.
»Weil du doch meine Songschreibblockade aufgelöst hast«, fügte Jasper hinzu und rieb sich über den Nacken.
Hendrik lachte atemlos. »Vielen Dank dafür. Ich liebe Valentins Armbänder.«
»Wer ist Valentin?«, fragte Jasper. »Komm, ich ziehe es dir an.«
Hendrik hielt ihm seinen Arm hin. »Valentin ist der Freund von Jonte, einem der Jungs mit dem Teeladen.«
»Das erklärt, warum es im Teeladen auch Armbänder gibt«, erwiderte Jasper und zuppelte an dem Knoten des Armbands.
»Die gibt es in ganz vielen Geschäften hier. Wir würden eigentlich auch gern welche führen, aber Valentin kommt nicht mit der Produktion nach. Sie sind ja alle handgemacht.«
»So, fertig.« Jasper strich mit dem Daumen über Hendriks Handgelenk.
Bewundernd betrachtete dieser das Armband. »Das ist so schön. Danke, Jasper.«
Ein breites Grinsen breitete sich auf Jaspers Gesicht aus. Er freute sich, dass er Hendrik eine Freude gemacht hatte. Aber wenn er ganz ehrlich war, gefiel es ihm auch, dass Hendrik jetzt ein Armband trug, das er ihm geschenkt hatte. Auch wenn es kein offensichtliches Zeichen dafür war, dass

Hendrik und Jasper … ja, was eigentlich? Waren sie zusammen? Jedenfalls wünschte Jasper sich das.
Dabei hatte er keine Ahnung, wie das gehen sollte. Wenn er irgendwann aus dem Winterschlaf zurückkam, würde er nicht mehr viel Zeit in Frederstadt verbringen können. Was würde eine Beziehung mit ihm für Hendrik bedeuten? Jasper konnte sich kaum vorstellen, dass er Lust hatte, mit ihm bei Preisverleihungen über den roten Teppich zu gehen oder daneben zu stehen, während er für Fotos mit Fans posierte. Sie mussten sich etwas einfallen lassen. Doch das ging nur, wenn er Hendrik endlich die Wahrheit sagte.
Er holte tief Luft. »Hast du heute Abend Zeit?«
»Ja«, erwiderte Hendrik und das war auch wieder etwas, das Jasper an ihm gefiel.
Hendrik verstellte sich nicht – im Gegensatz zu ihm. Er spielte keine Spielchen, machte sich nicht gezwungen interessant. Er war ganz er selbst und stand zu seinen Gefühlen.
»Hier im Ort gibt es ein tolles italienisches Restaurant. Hättest du Lust, mit mir dorthin zu gehen?«, schlug Hendrik vor.
Jasper räusperte sich. »Ich habe eine bessere Idee: Du kommst zu mir und ich mache uns eine Pizza. Meine Pizza ist nämlich die beste der Welt, habe ich gehört.«
Er hatte noch nie im Leben Pizza gemacht.
»Klingt gut. Ich mag am liebsten Pizza Capricciosa.«
»Ca… äh, gar kein Problem.« Jasper zwang sich zu einem Grinsen.

***

*»Dag mams«,* sagte Hendrik und lehnte sich mit der Schulter an einen Baum. Von hier aus konnte er die Steilküste entlang und weit übers Meer sehen.

Normalerweise beruhigte ihn das. Heute nicht.
»Hallo *schatje!* Du hörst dich ja heute ganz anders an«, hörte er seine Mutter durchs Handy sagen.
»Wenn ich dir erzähle, warum, bringst du mich um.«
Cornelia schnaubte. »Du hast ein Date mit dem *klootzak«,* schloss sie.
Hendrik lachte. »So könnte man es formulieren, ja.«
»Ich hoffe, du erwartest nicht, dass ich überrascht bin.«
»Was soll das denn heißen?«
»Dass mir das schon klar war, als du mir erzählt hast, dass er in Frederstadt ist.«
Hendrik verzog das Gesicht. »Das klingt bestimmt wie eine Scheißidee.«
»Ach, *schatje,* das finde ich gar nicht.«
»Nicht?«
*»Nee, hoor.* Immerhin musst du ihn ja schon richtig toll gefunden haben, wenn du ihn so lange nicht aus dem Kopf bekommen hast. Er hat jetzt nach all der Zeit auch noch Interesse … kann doch sein, dass das ein Zeichen ist.«
»Ein Zeichen für?« Hendrik hielt den Atem an.
Seine Mutter lachte. »Bin ich Hellseherin? Immerhin triffst du dich doch mit ihm, oder?«
»Ja, er macht Pizza.«
»Hoffentlich ohne Knoblauch«, scherzte Cornelia.
Hendrik grinste. »Ich würde ihn auch mit Knoblauchatem küssen.«
»Dann muss es ja die wahre Liebe sein«, versetzte sie. »Ich wünsche dir viel Spaß.«
*»Dank je, mams.«*
»So viel Spaß wie du möchtest.«
»Ja, äh, vielen Dank.«
»Aber wenn ihr richtig viel Spaß habt …«
*»Mams!«*

»Ich meine ja nur. Wenn …«
»Ich weiß, wie Safer Sex aussieht.«
»Prima. Dann habe ich ja alles richtig gemacht.«
»Ich denke heute noch gern an die Aufklärungsgespräche zurück.«
Alle paar Jahre hatte Cornelia altersgemäß mit Hendrik über das Thema gesprochen. Das letzte Gespräch hatte er noch in lebhafter Erinnerung. Es hatte kurz nach seinem Outing stattgefunden und Cornelia hatte sich vorab extra informiert, um ihm alles bis ins kleinste Detail zu erklären.
»Ich auch, *schatje,* ich auch.«
Hendrik grinste. »Was steht bei euch heute Abend an?«
Cornelia seufzte schwer. »Thijs hat es sich in den Kopf gesetzt, das Badezimmer im zweiten Stock zu renovieren. Ich nehme also an, dass heute noch der Notdienst der Sanitärfirma vorbeikommen muss.«
Lachend erwiderte Hendrik: »Vielleicht ziehst du sicherheitshalber schon mal einen Badeanzug an.«
Ein reicher Großonkel hatte Hendriks Vater Thijs ein altehrwürdiges Stadthaus in der Utrechter Altstadt vererbt. Es war wunderschön, aber ständig ging etwas kaputt. Weil Hendriks Familie längst nicht so viel Geld hatte wie der verstorbene Verwandte, renovierte Thijs das meiste selbst. Er hatte zwar zwei linke Hände, war aber selbst der felsenfesten Überzeugung, ein begnadeter Heimwerker zu sein.
»Oder ich gehe ins Hotel«, sagte Cornelia mit Grabesstimme.
»Ich wünsche euch jedenfalls viel Glück.«
»Dir auch, *schatje.* Und ganz viel Spa…«
*»Tot horens, mams«,* verabschiedete Hendrik sich schnell und legte auf.
Dann richtete er sich auf und ging weiter. Der kalte Wind zerrte an dem Schal, den Jasper ihm geschenkt hatte. Lächelnd strich Hendrik darüber.

Jasper war so lieb. In Utrecht war er natürlich auch nett zu Hendrik gewesen. Sonst hätte dieser sich ja wohl kaum Hoffnungen auf mehr gemacht. Aber so wie jetzt, so fürsorglich, sogar liebevoll, war Jasper in Utrecht nicht gewesen. Das war doch ein gutes Zeichen, oder? Es musste ein gutes Zeichen sein.

Hendrik steckte die Hände in die Hosentaschen. Warum musste alles so kompliziert sein? Sie hätten sich einfach treffen, verlieben und ein Paar werden können. Stattdessen waren zwischen ihrer ersten gemeinsamen Nacht und ihrem nächsten Wiedersehen zweieinhalb Jahre voll Herzschmerz vergangen. Aber vielleicht hatte das ja doch einen Sinn gehabt. Umso mehr wusste er jetzt zu schätzen, dass sie sich einander nun wieder annäherten.

Hendrik hatte mit Absicht den Umweg über die Steilküste gewählt, um den Kopf frei zu bekommen. Um zu ergründen, ob er auf dem Weg war, das Richtige zu tun. Dabei hatte er gar keine Wahl. Sein Herz schubste ihn regelrecht in die Richtung von Jaspers Ferienwohnung. Oder vielmehr: in die Richtung von Jasper.

***

Jasper stieß die Luft aus.

»Brüderchen? Alles okay? Lebst du noch?«

»Ich glaube schon«, murmelte er und sah sich in der Küche um.

Es gab ja diesen Spruch, dass eine Küche wie ein Schlachtfeld aussah. Bisher hatte Jasper die Formulierung immer für übertrieben gehalten. Inzwischen wusste er, dass es genauso aussah, wenn jemand ohne viel Kocherfahrung Pizza zubereitete.

»Wie bekommt man Tomatensauce aus einem T-Shirt?«

»Mit Fleckenentferner. Zieh dich einfach um, geht schneller.«
Er kaute auf seiner Unterlippe herum. Trotz Tildas telefonischen Beistands hatte es länger gedauert als geplant. Jasper hatte schließlich keine Tiefkühlpizza machen können. Hendrik durfte auf gar keinen Fall in seine Küche kommen. Jasper hatte keine Zeit mehr zum Aufräumen. Hendrik konnte jeden Moment hier sein.
Er schnappte sich sein Handy, bei dem er die Lautsprecherfunktion eingeschaltet hatte, und eilte damit ins Schlafzimmer.
»Was ist Hefe eigentlich für eine bescheuerte Erfindung?«, schimpfte er und öffnete den Kleiderschrank.
Für Fotoshootings und öffentliche Auftritte wurde er immer professionell gestylt. Mit der Zeit hatte er selbst ein gutes Gefühl dafür entwickelt, was zusammenpasste und wie er am besten aussah. Hendrik hatte das nicht nötig. Er sah immer perfekt aus so, wie er war.
Jasper hatte ganz vergessen, rechtzeitig Wäsche zu waschen. Jetzt hatte er nur noch ein Paar schwarze Jeans, von denen er genau wusste, dass sie am besten zu dem grauen T-Shirt passten, das er gerade trug. Die meisten seiner anderen Oberteile, die noch sauber waren, waren blau und passten nicht dazu.
Seufzend trat er einen Schritt zurück. Würde es Hendrik überhaupt noch interessieren, was Jasper trug, wenn er erst einmal erfuhr, dass er schon wieder gelogen hatte?
»Was ist los? Ist die Pizza im Ofen in Flammen aufgegangen?«, stichelte Tilda.
»Wenn man jemandem etwas sagen muss, was denjenigen sehr kränken wird – bringt man es ihm dann eher schonend bei oder kommt man besser direkt auf den Punkt?«
Tilda seufzte theatralisch. »Was hast du denn gemacht?«
»Ich habe ihm nicht gesagt, wer ich bin.«

»Was denkt er denn, wer du bist?«
»Ein Investmentbanker.«
»Hast du sie noch alle?«
Er fuhr sich durch die Haare und ging auf und ab. »Ich *weiß,* dass das bescheuert war. Hendrik ist gleich hier. Bitte sag mir einfach, was du meinst, wie ich es machen sollte.«
»Schonend. Aber, Jasper, was hast du dir dabei gedacht?«
»Er mochte mich einfach, weil ich so bin, wie ich bin. Nicht weil ich Jasper Gode bin. Das fand ich so schön, dass ich es ihm nicht gesagt habe. Es war ja auch erst mal nur für eine Nacht gedacht. Jedenfalls dachte ich … egal. Jetzt muss ich es irgendwie hinbekommen, dass er mich deswegen nicht hasst. Oder meinst du, ich sollte noch warten?«
»Auf keinen Fall. Je länger du lügst, desto schlimmer. Außerdem ist die Gefahr nicht unerheblich, dass er es durch Zufall doch erfährt. Du bist ja trotz deiner schrecklichen Musik sehr beliebt.«
»Klarinette finde ich auch scheiße.«
Tilda lachte. »Na, da bin ich ja froh, dass ich dir geholfen habe. Wenigstens hast du nicht behauptet, Koch zu sein.«
Die Türklingel ertönte.
»Danke für alles. Tschüss«, sagte Jasper, legte auf und eilte zur Tür.
In Hendriks Mütze und dem Schal hatten sich vereinzelte Schneeflocken verfangen und seine Wangen waren von der Kälte gerötet.
»Hey. Komm rein.« Jasper zog ihn an seinem Schal in die Wohnung und schloss die Tür.
Hendrik grinste ihn an. »Hi. Das riecht aber gut hier.«
Jasper lachte atemlos. »Freut mich.«
Hendrik machte einen Schritt auf ihn zu und legte seine eiskalten Hände auf Jaspers Wangen, der daraufhin zusammenzuckte.

»Oh, sorry.« Hendrik wollte seine Hände zurückziehen, doch Jasper hielt seine Arme fest.
»Egal«, flüsterte er und streifte Hendriks Lippen mit seinen.

***

»Das war echt lecker vorhin.« Hendrik seufzte zufrieden und kuschelte sich noch enger an Jasper, legte seinen Kopf auf dessen Schulter.
Sie lagen mit ineinander verschlungenen Beinen auf dem weichen Sofa von Jaspers Ferienwohnung. Im Hintergrund lief Indiepop und der elektrische Kamin verströmte eine wohlige Wärme. Das rötliche Licht der künstlichen Flammen warf Schatten an die Wände. Die Vorhänge hatten sie zugezogen, aber Hendrik wusste, dass es draußen ohnehin nichts zu sehen gab. Inzwischen war die Sonne ganz untergegangen und der Schnee fiel so dicht, dass auch die Straßenlaternen nicht viel ausrichten konnten.
»Kochst du jetzt öfter für mich?«
Jasper lachte atemlos und fuhr mit den Fingern durch Hendriks Haar, das vermutlich ohnehin schon in alle Richtungen abstand. »Ja, gern. Wenn du möchtest.«
Hendrik richtete sich ein wenig auf, um ihn ansehen zu können. »Alles okay?«
Jasper lächelte, aber es erreichte nicht seine Augen. »Klar. Warum nicht?«
»Du wirkst irgendwie angespannt. Schon die ganze Zeit. Ist etwas passiert?«
Jasper räusperte sich und richtete sich ebenfalls etwas auf. »Nein. Das ist es nicht. Ich muss dir etwas sagen.«
»Ja?«
Jasper wich Hendriks Blick aus und holte tief Luft. »Ich habe … also, ich bin …«

Hendrik wusste nicht, woher so plötzlich der Mut dazu kam. Vielleicht wollte er es Jasper auch einfach nur leichter machen. Jedenfalls sagte er: »Ich bin auch in dich verliebt.«
Jasper sah ihn aus geweiteten Pupillen an. »Du … was?«
Hendrik streichelte ihm über die Wange. »Glaub mir, ich bin genauso überrascht wie du, dass ich das gerade gesagt habe.«
Jasper lächelte, nein, er strahlte ihn an. »Meinst du es denn so?«
»Sonst hätte ich es nicht gesagt. Und du?«
Jasper fuhr sich mit der Zungenspitze über die Unterlippe. »Ich auch nicht. Ich meine, ich auch. Also …« Er tat einen zittrigen Atemzug. »Sorry. Ich bin ein bisschen … überwältigt. Hendrik, ich bin verliebt in dich. So sehr. Und so lange schon. Ich hätte es viel früher merken müssen. Ich habe so viel falsch gemacht. Ich habe sogar …«
Hendrik legte ihm den Zeigefinger auf die Lippen. »Hey, schon gut. Wir haben uns wiedergefunden. Das ist doch alles, was zählt, oder?«
»Ja, aber …«
Hendrik stupste Jaspers Nasenspitze mit seiner an. »Hör auf mit den Selbstvorwürfen. Lass uns lieber zum gemütlichen Teil des Abends übergehen. Oder denkst du, ich habe nicht gemerkt, dass das mit der Pizza eine Finte war?«
»Oh«, war alles, was Jasper dazu zu sagen hatte.
Dabei war es wirklich offensichtlich gewesen. Die ganze Zeit war er so nervös gewesen, die Oberflächen der Küche schienen aus Tomatensauce zu bestehen und die Pizza war am Rand pechschwarz und in der Mitte nicht einmal durchgebacken gewesen. Er hatte Hendrik also in seiner Ferienwohnung treffen wollen. Warum, konnte Hendrik sich denken. Und er wollte es genauso sehr wie Jasper.
Hendriks Mundwinkel zuckten. »Aber wenn du lieber reden willst …«

»Ich will mit dir reden. Aber ich will auch …« Jasper stieß die Luft aus. »Du bringst mich ganz aus dem Konzept.«
»Tut mir leid«, behauptete Hendrik grinsend.
Jasper legte seine Hand in dessen Nacken und zog ihn zu sich.
»Bist du dir sicher, dass du mich willst?«
»Ich war mir noch nie sicherer«, erwiderte Hendrik wahrheitsgemäß und verschloss Jaspers Lippen mit einem sehnsuchtsvollen Kuss.

## Kapitel 6

Jasper schrak hoch und sah sich um.
Hendrik! Wieso war er nicht da?
Sein Herz raste so schnell, dass ihm schwindlig wurde.
Hatte Hendrik erfahren, wer er wirklich war, und war einfach gegangen? Natürlich hätte Jasper dann kein Recht gehabt, sich zu beklagen. Dennoch schnürte ihm der Gedanke daran die Kehle zu.
Er schob die Decke von seinem Körper und schwang die Beine aus dem Bett.
Das hatte er jetzt davon. Es war seine gerechte Strafe. Er hätte Hendrik gestern Abend alles gestehen müssen. Vor den Liebeserklärungen. Vor der gemeinsamen Nacht.
Jasper griff nach seinem Smartphone, das auf dem Nachttisch lag. Kurz vor halb sieben.
Er fuhr sich durch die Haare und knipste die kleine Stehlampe an. In ihrem Licht entdeckte er einen handgeschriebenen Zettel, der mit einer Ecke unter dem Fuß der Lampe steckte.
Jasper riss ihn förmlich darunter hervor.
*Guten Morgen, lieber Jasper!*
*Ich hoffe, du hast einen gehörigen Schrecken bekommen,* hatte Hendrik geschrieben und ein Zwinkersmiley dahinter gemalt.
*Du hast noch ganz fest geschlafen, als ich zur Arbeit musste. Ich habe es einfach nicht übers Herz gebracht, dich zu wecken, auch wenn ein Abschiedskuss echt schön gewesen wäre.*
*Kommst du heute im Coffee Shop vorbei?*
*Ruf mich an, wenn du wach wirst, ja?*
*Kuss, Hendrik*
Jasper stieß die Luft aus. Dabei hatte er es gar nicht verdient, erleichtert zu sein.

Nachdem er gestern so grandios gescheitert war, hatte Jasper eigentlich vorgehabt, Hendrik heute Morgen beim gemeinsamen Frühstück alles zu gestehen. Sonderlich gut durchdacht war dieser Plan offensichtlich nicht gewesen, schließlich fing Hendrik sehr früh mit der Arbeit an. Doch gestern Abend war Jasper zu keinem klaren Gedanken mehr fähig gewesen. Sonst wäre er nie mit Hendrik weitergegangen, ohne reinen Tisch zu machen.

»Fuck«, murmelte er, stand auf, schnappte sich seine Boxershorts und das soßenbefleckte T-Shirt vom Boden und zog beides an.

Er tappte in die Küche, schaltete das Licht ein und löffelte Kaffeepulver in die Maschine.

Gleich würde er zu Hendrik in den Laden gehen, doch dort konnten sie nicht ungestört reden. Er musste wieder warten, bis heute Abend. Je länger er wartete, desto unbezwingbarer erschien ihm der Berg, der vor ihm lag.

Er füllte Wasser in die Kaffeemaschine und schaltete sie ein. Dann lehnte er sich mit der Hüfte gegen die Arbeitsplatte. Mit geschlossenen Augen ließ er den gestrigen Abend noch einmal an sich vorüberziehen. Hendriks Lächeln, sein Liebesgeständnis, die zärtlichen Küsse und Berührungen. Wenn jemand es nicht verdient hatte, belogen zu werden, dann war das Hendrik.

Jasper seufzte und schüttelte über sich selbst den Kopf. Er wollte doch das Allerallerbeste für Hendrik. Warum fiel es ihm dann so schwer, das Richtige zu tun? Die Antwort auf diese Frage war so einfach wie kompliziert: weil er Angst hatte. Angst, Hendrik wieder zu verlieren. Und auch noch wieder selbst schuld daran zu sein.

Er nahm sich ein paar Tücher Küchenrolle, befeuchtete diese und machte sich daran, die Oberflächen abzuwischen.

Dass er Hendrik vorgemacht hatte, ein begnadeter Pizzabäcker zu sein, hatte dieser ihm nicht übel genommen. Aber das war etwas anderes gewesen. Eine Notlüge. Weil er doch kaum in die Öffentlichkeit konnte, ohne zu riskieren, erkannt zu werden. In den Coffee Shop ging er immer nur, wenn dort nicht viel los war. Aber ein vollbesetztes Restaurant, ohne dass Hendrik wusste, wer Jasper war? Das hatte er sich nicht getraut.

Er warf die Tücher in den Müll und öffnete einen der Hängeschränke, um sich eine Tasse herauszunehmen, als sein Handy klingelte.

Nachts stellte er es so ein, dass nur bestimmte Anrufe überhaupt angekündigt wurden. Von seiner Familie und von Hendrik.

Ein Blick aufs Display verriet ihm, dass es Tilda war.

»Guten Morgen«, meldete er sich.

Seine Schwester kicherte. »Freut mich, dass du einen guten Morgen hast. Und dass offensichtlich alles so gut gelaufen ist.«

»Woher willst du das wissen?«

»Ich spiele vielleicht ein etwas altmodisches Instrument. Aber nur weil die Klarinette Mitte des achtzehnten Jahrhunderts entwickelt wurde, heißt das nicht, dass ich kein Internet habe.«

Jasper runzelte die Stirn. »Wovon redest du?«

»Na, von dem Foto.«

»Foto? Was für ein Foto?«

Zum zweiten Mal am heutigen Morgen setzte sein Herz zum Sprint an.

»Willst du mich verarschen? Ich rede von dem Kussfoto von Hendrik und dir. Du weißt schon, das Foto, das gerade auf so ziemlich jeder Seite und von jedem Account im Internet geteilt wird.«

»Ich rufe dich später noch mal an«, krächzte Jasper, legte auf, öffnete mit zittrigen Fingern eine seiner Social Media-Apps und tippte auf die erste Benachrichtigung.
Fuck. Fuck, fuck, oberfuck.

***

»Moin«, begrüßte Hendrik Arne und Max, die Hand in Hand den Coffee Shop betraten.
»Moin«, erwiderte Max und sah Hendrik grinsend an.
Stimmte irgendetwas nicht? Sah man ihm womöglich an, wie verliebt er war? Dass er eine traumhafte Nacht mit Jasper verbracht, dafür aber ein bisschen zu wenig geschlafen hatte? Liridon hatte jedenfalls noch nichts gesagt. Aber sein Wecker hatte heute Morgen gestreikt, sodass er ein wenig zu spät gekommen und jetzt im Stress war.
»Moin. Du hast mir gar nicht gesagt, dass es Jasper ist«, sagte Arne.
Wie immer machte Hendriks Herz einen Satz, wenn er an seinen frischgebackenen Freund dachte. Er lachte. »Hat sich das schon rumgesprochen?«
Arne runzelte die Stirn. »Äh. Ja. Ja, hat es.«
Kopfschüttelnd machte Hendrik sich an der Siebträgermaschine zu schaffen. »Frederstadt ist eben ein Dorf. Was möchtet ihr trinken?«
»Othello zum Mitnehmen, bitte. Zweimal«, erwiderte Arne und erklärte seinem Freund auf dessen fragenden Blick hin: »Lass dich überraschen.«
»Von Hendrik lasse ich mich immer gern überraschen«, erwiderte Max lächelnd.
Arne zog die Augenbrauen hoch. »Ach ja? Sollte ich mir Sorgen machen.«

»Aber nein, Liebling.« Max tätschelte Arnes Schulter und sah ihn so übertrieben unschuldig an, dass Hendrik losprustete.
»Hast du dich auf neugierige Fragen vorbereitet?«, fragte Arne, als Hendrik das erste Getränk auf die Theke stellte.
Dieser biss sich auf die Unterlippe. »Nee, ehrlich gesagt nicht. Ich habe aber auch nicht damit gerechnet, dass schon die halbe Stadt Bescheid weiß. Wir haben uns doch erst ein paarmal getroffen und sind dabei nicht mal jemandem begegnet.«
Selbst wenn ihn jemand darauf ansprechen würde – Hendrik schämte sich nicht für seine Beziehung mit Jasper. Ganz im Gegenteil.
Max verzog das Gesicht. »Solche Sachen verbreiten sich immer viel schneller, als einem lieb ist. Das weiß ich aus Erfahrung.«
»Mit Arne?«, fragte Hendrik, während er den zweiten Othello zubereitete.
»Das auch. Aber ich meinte eigentlich meinen Ex. Er war verheiratet. Oder ist es immer noch, keine Ahnung. Jedenfalls hat das hier ziemlich schnell die Runde gemacht, obwohl es zwischen uns da schon wieder vorbei war.«
Arne winkte ab. »Blödes Gerede. Lass dich davon nicht stressen, Hendrik.«
»Mache ich nicht«, behauptete Hendrik. »Allerdings kann ich mir auch nicht vorstellen, dass sich hier sonderlich viele so sehr für mein Liebesleben interessieren.«
Liridon kam aus dem Hinterzimmer, das Smartphone in der Hand und einen grimmigen Ausdruck auf dem Gesicht. »Für deins vielleicht nicht, Schatz. Aber für, ähem, Julians.«
Hendrik zog eine Grimasse. »Ich weiß, ich hätte es dir sagen müssen. Er hatte mir in Utrecht gesagt, dass er Julian heißt und … aber woher weißt du das denn jetzt?« Er sah verwirrt vom Einen zum Andern. »Über Jasper können ja nun echt

noch keine Gerüchte kursieren. Schließlich ist er erst seit Kurzem im Urlaub hier.«

Liridon, Arne und Max tauschten betretene Blicke.

»Was? Was ist los?« Hendriks Stimme zitterte ein wenig.

Liridon stieß die Luft aus. »Wer sagt's ihm?«

»Wer sagt mir was?«

Arne straffte die Schultern. »Hendrik, Jasper ist … ziemlich bekannt. Nicht nur in Frederstadt. Sondern, äh … in ganz Deutschland.«

»Wohl eher in ganz Europa«, murmelte Max.

Hendrik blinzelte ein paarmal. »Weil er früher immer One-Nicht-Stands hatte, meint ihr? Das weiß ich doch. Aber die Zeiten sind vorbei. Er …«

»Er ist Jasper Gode.«

»Jasper wer?«, blökte Hendrik.

»Einen falschen Nachnamen hat er dir also auch gegeben?« Liridon war anzuhören, dass er kurz davor stand, eine Tasse gegen die Wand zu schleudern.

Aber weshalb nur? Was war denn bloß los?

Hendrik schüttelte den Kopf. »Er hat mir seinen Nachnamen gar nicht gesagt. Das klingt vielleicht bescheuert, aber das Thema kam irgendwie nicht auf. So wichtig kann das doch nicht sein. Ich frage ihn heute, ob er Gode heißt, wenn dir das so wichtig ist.«

Wortlos hielt Liridon Hendrik sein Handy hin. Auf dem Bildschirm war ein Profil in den sozialen Netzwerken zu sehen. Jasper Gode. 1,3 Millionen Follower. Wie jetzt?

Hendrik scrollte ein wenig nach unten. Berufsbezeichnung: Sänger. Ein Link zu einem Album. Fotos von Konzerten mit zigtausenden Besucherinnen und Besuchern. Von Dreharbeiten bei einer Serie. Von einer Goldenen Schallplatte.

Liridon nahm ihm das Smartphone ab und rief eine neue Seite auf. Die der Klatschzeitung *Boulevardnews.* Ganz oben war ein großes Foto. Von Jasper und Hendrik im Coffee Shop gestern. Von ihrem Kuss.
Wie ferngesteuert sah er auf, als das Glöckchen an der Tür ertönte.
Herein kam nicht Jasper, Investmentbanker und Hendriks Freund.
Herein kam Jasper Gode, der anscheinend ein berühmter Sänger war – und nicht wer er vorgegeben hatte zu sein. Wieder einmal.

***

Hendrik wusste es. Jasper konnte es ihm ansehen, noch ehe die Tür hinter ihm zugefallen war.
Hendrik war blass und schaute ihn so entsetzt an, dass Jaspers Herz in tausend Stücke barst. Was hatte er nur getan?
»Hendrik«, sagte er atemlos.
Alle guckten ihn an. Liridon, Arne, ein Mann, der anscheinend dessen Freund war, und einige andere Gäste, die an den Tischen saßen.
Hendrik legte das Handy, das er in der Hand gehalten hatte, auf den Tresen. »Entschuldige mich bitte kurz, ja?«, sagte er zu Liridon, der daraufhin nickte.
Hendrik ging um den Tresen herum auf Jasper zu. »Komm mit raus«, sagte er und Jasper folgte ihm natürlich.
Hendrik ging ein paar Schritt vom Coffee Shop weg, ehe er stehen blieb.
»Du frierst doch bestimmt. Möchtest du meine Ja…«
»Gibt es irgendeinen Grund dafür, dass du mich schon wieder verarscht hast, oder ist das einfach ein Hobby von dir?« Hendriks Stimme klang so fremd. Irgendwie leer.

»Ich kann das erklären«, murmelte Jasper und betrachtete das Kopfsteinpflaster unter seinen Füßen.
Er hatte zwar eine Erklärung, aber die rechtfertigte sein Verhalten kein bisschen.
»Leg los.«
»Ich wollte es dir sagen.«
Hendrik schnaubte. »Alles klar.«
»Ehrlich. Ich habe es versucht. Ein paarmal.«
»Komisch. Ich habe dich kein einziges Mal sagen gehört, dass du kein Investmentbanker bist.«
Jasper zwang sich, aufzusehen. Direkt in Hendriks Augen mit dem verletzten Ausdruck. Die Sonne war noch nicht ganz aufgegangen, aber Jasper war sich ziemlich sicher, dass Hendrik Tränen in den Augen hatte.
»Ich wollte es dir spätestens gestern Abend sagen.«
»Warum hast du es nicht getan?«
Jasper atmete einmal tief durch. »Ich hatte nicht die Eier, die Wahrheit zu sagen.«
»Schade. Dann scheitert das alles also daran, dass du ein verdammter Feigling bist.«
Jasper zuckte zusammen. Nicht weil Hendrik ihn einen Feigling genannt hatte. Damit hatte er sogar recht. Nein, das war es nicht. Hendrik hatte gesagt, dass alles scheiterte. Bedeutete das … natürlich bedeutete es das. Was hatte Jasper denn erwartet? Dass Hendrik ihm noch mal vergeben, eine dritte Chance geben würde?
»Ich wollte dich nicht verletzen. Mir war so wichtig, dass du mir vertraust.«
»Das ist dir prima gelungen.« Hendrik zog die Hände in die Ärmel und verschränkte die Arme vor der Brust. »Ich gehe wieder rein.«
»Nein!« Jasper streckte die Hand aus, doch Hendrik zuckte zurück. »Warte. Bitte.« Weil er sich auf dem Weg so beeilt

hatte, und vor Aufregung war er ganz außer Atem. »Ich wollte dich nicht anlügen. Aber nachdem du schon wegen des falschen Namens so verletzt warst, dachte ich, ich warte lieber noch ein bisschen.«

Himmel, wenn er das aussprach, klang es noch viel bescheuerter, als wenn er darüber nachdachte.

»Das Ganze war also zu meinem Besten? Dann hast du eine sehr merkwürdige Vorstellung davon, was das Beste für mich ist.«

Jasper schüttelte den Kopf. »Ich weiß, dass es das nicht war. Vermutlich war es eher zu meinem Besten. Ich konnte den Gedanken einfach nicht ertragen, dich wieder zu verlieren.«

»An den Gedanken wirst du dich jetzt gewöhnen müssen«, erwiderte Hendrik, ließ ihn stehen und ging zurück in den Laden, wo Arne ihm den Arm um die Schultern legte.

Jasper beobachtete Hendrik, wie er von den anderen getröstet wurde. Wenigstens war jemand bei ihm, der es gut mit ihm meinte.

Mit einem Mal spürte Jasper die Kälte so richtig. Sie kroch unter seine Jacke, durch seine Haut und in sein Herz.

Liridon warf einen giftigen Blick nach draußen, ehe er Hendrik ein heißes Getränk hinstellte.

Jasper so gern hineingegangen, zu Hendrik. Aber dazu hatte er kein Recht mehr. Er hatte es selbst verspielt. Weil er auch in seiner Liebe zu Hendrik noch egoistisch gewesen war. Sich in ein Geflecht aus Lügen verstrickt hatte, nur um es sich einfach zu machen, um kein Risiko einzugehen.

Die Stunden mit Hendrik waren so magisch gewesen, so anders als sein vorheriges Leben, dass es ihm vorgekommen war, als existierten sie beide losgelöst von allem anderen. Als könnte sein reales Leben sie überhaupt nicht einholen. Das hatte er nun davon. Er hatte nichts einfacher, sondern alles viel, viel schlimmer gemacht.

Er wusste, dass er hier weggehen musste. Zwei Frauen, die aus dem Coffee Shop kamen, warfen ihm schon neugierige Blicke zu und tuschelten miteinander. Jetzt war bekannt, dass er in Frederstadt war. Es würde nicht mehr lange dauern, bis die ersten hier eintrafen, die sich selbst als Fans bezeichnen würden, die Jasper aber manchmal eher wie Verfolgerinnen und Verfolger vorkamen. Er war schließlich privat hier. Im Urlaub. Doch für einige Leute war er Freiwild, nur weil ihnen seine Musik gefiel.

Jasper versuchte, sich vom Coffee Shop abzuwenden, doch es wollte ihm einfach nicht gelingen. Hendrik saß auf einem Hocker am Tresen, die Ellbogen darauf gestützt, das Gesicht in den Händen verborgen.

Jasper hatte ihm das Herz gebrochen. Wieder einmal. Auch wenn es das für Hendrik nicht besser machte – Jasper litt mindestens genauso darunter wie er.

Er konnte nur noch hoffen, dass die Presse zumindest Hendrik in Ruhe lassen würde. Sein Gesicht war auf dem Foto nicht zu erkennen und es wurde auch nicht deutlich, dass er hier im Coffee Shop arbeitete. Wer auch immer das Foto gemacht hatte – vermutlich ein sogenannter »Fan« – hatte der Presse nichts über Hendrik verraten können. Jedenfalls hatten keine Informationen über ihn im Artikel gestanden. Es war einzig um allein um die Tatsache gegangen, dass es *eine neue Liebe in Jasper Godes Leben* gab. Wie lange die Pressefuzzis wohl brauchen würden, um herauszufinden, dass alles schon wieder vorbei war?

»Da vorne muss es sein«, hörte er jemanden aufgeregt sagen. Der Stimme nach war es ein junger Mann.

»Ja, stimmt. Das sieht genauso aus wie auf dem Foto. Komm, beeil dich«, antwortete eine Frau.

Schritte näherten sich aus der Seitenstraße, die hinter Jasper auf den Platz mündete.

Er klappte den Kragen seiner Jacke hoch und ergriff die Flucht. Lieber hätte er Hendrik beigestanden. Aber er wusste, dass seine Anwesenheit es nur schlimmer gemacht hätte. Für Hendrik wäre es besser gewesen, sie wären einander nie begegnet.

***

Neugierige Blicke, Getuschel, ein paar Leute, die nach Jasper fragten. Es hätte schlimmer kommen können, meinte Liridon. Doch Hendrik konnte sich beim besten Willen nichts Schlimmeres als das vorstellen, was geschehen war.
Natürlich war selbst schuld daran. Er hätte Jasper nicht noch einmal vertrauen dürfen. Wer zum zweiten Mal auf einen Schwindler hereinfiel, verdiente kein Mitleid. So verarscht zu werden war dann die gerechte Strafe. Doch nichts von dem, was Hendrik gerade fühlte, kam ihm in irgendeiner Art und Weise gerecht vor.
Er schämte sich so sehr. Vor Arne, Max und Liridon, aber vor allem vor sich selbst. Er war erwachsen. Es war sein Job, gut auf sich selbst aufzupassen. Stattdessen hatte er sich in diese unmögliche Situation manövriert.
Um den neugierigen Blicken einiger Teenager am großen Tisch neben der Tür auszuweichen, machte Hendrik sich daran, die zum Verkauf stehenden Kaffeetüten im Regal hinter dem Tresen neu zu sortieren.
Vorhin war ein Reporter aufgetaucht. Liridon hatte zum Glück schnell geschaltet und Hendrik ins Hinterzimmer geschoben, noch bevor der Mann von der Presse ihn entdeckt hatte. Liridon hatte ihm aufgetischt, dass der Mann, mit dem Jasper hier gewesen war, ein Fischer sei und er am Strand auf ihn warten müsse. Ob der Reporter ihm geglaubt hatte? Hendrik hatte keine Ahnung. Jedenfalls war er gegangen.

»Alles okay?«, fragte Liridon leise und strich ihm über den Rücken.
»Mhm«, machte Hendrik.
Jetzt loszuheulen wäre nicht nur unendlich peinlich, sondern auch noch sehr auffällig. Nie hätte Hendrik geglaubt, dass er mal darauf achten würde, was andere von ihm dachten. Er hatte noch nie viel Sinn darin gesehen, sich zu verstellen.
Das hatte er jetzt davon: Auch bei Jasper hatte er sich total blamiert. Gestern Abend hatte er ihm sogar noch gesagt, dass er sich in ihn verliebt hatte. Hendrik hatte geglaubt, dass es das war, was Jasper ihm hatte sagen wollen. Stattdessen war wahrscheinlicher, dass er ihm hatte gestehen wollen, wer er wirklich war. Getan hatte er das aber auch nicht. Dafür hatte Jasper die Gelegenheit genutzt, Hendrik noch mal ins Bett zu bekommen.
»Die Gerüchteküche im Netz kocht. Aber ich habe mit ein paar Posts gezielt Desinformationen gestreut. Jasper hat entweder was mit einem Fischer oder mit einem Autohändler aus einem der umliegenden Orte – natürlich habe ich keinen konkreten genannt –, oder mit einem Angehörigen des norwegischen Königshauses. Die letzte Geschichte kommt übrigens am besten an.«
Hendrik schnaubte. »Sieht aus, als wäre ich nicht der einzige, der so leichtgläubig ist.«
Liridon rümpfte die Nase. »Er hat dich verarscht. Das ist nicht deine Schuld, sondern seine.«
»Aber ich bin drauf reingefallen.«
»Ich könnte ihn erwürgen. Oder vierteilen. Hey, ich hab's! Ich hacke die Leiche in Stücke und zerhäcksele sie dann in der Kaffeemühle. Übrigens, hast du Hunger?«
»Jetzt nicht mehr«, behauptete Hendrik, der seit heute Morgen überhaupt keinen Hunger mehr hatte, obwohl es heute die Schokocupcakes mit flüssigem Kern gab.

»Ich freue mich, dass Arne und Max dich eingeladen haben. Ist doch nett.« Liridon grinste Hendrik ganz besonders breit an.
Es war ja wirklich lieb, dass alle ihn aufheitern wollten. Unter anderen Umständen hätte Hendrik sich auch sicher sehr über die Einladung gefreut. Heute aber konnte er sich über gar nichts freuen und er hatte das ungute Gefühl, dass das noch eine ganze Weile so bleiben würde. Außerdem hatten die beiden nur aus Mitleid gefragt, ob er zu ihnen zum Abendessen kommen wollte.
»Ich weiß noch gar nicht, ob ich hingehe«, erwiderte Hendrik matt.
Er fühlte sich so kraftlos. Jeder Satz, jede Bewegung fielen ihm schwer.
»Natürlich gehst du hin«, beschloss Liridon. »Du lässt dir doch von *dem* nicht die Laune verderben, oder?«
Hendrik zog eine Grimasse. »Nein, ich bin total fröhlich.«
»Außerdem haben die beiden mich auch eingeladen, als du hinten warst, um dir die Nase zu putzen. Wird doch total romantisch, ein Doppel-Date«, witzelte Liridon.
Hendrik schnaubte. »Sorry, aber du bist nicht mein Typ. Deine *fashion choices …*«
»Denk immer dran, dass ich dein Vorgesetzter bin«, fiel Liridon ihm ins Wort und zwinkerte ihm zu. »Komm schon, wir gehen zusammen hin. Als Freunde natürlich. Kumpels.«
»Au ja. Wir machen einen gepflegten Männerabend und lassen uns volllaufen«, unkte Hendrik.
Liridon verdrehte die Augen. »So doch nicht. Wir essen gemütlich, stoßen mit einem Glas Wein an und freuen uns, dass wir Singles sind und nicht wie Arne und Max ständig Kompromisse eingehen müssen. Wohin man in Urlaub fährt, welche Serie man streamt, was es zu essen gibt … wir beide haben viel mehr Freiheiten, du und ich.«

»Jetzt wo du’s sagst. Das hebt meine Stimmung enorm.«
Liridon wuschelte ihm durch die Haare. »Wir werden dich heute Abend aufmuntern.«
»Viel Erfolg.«

## Kapitel 7

Ole betrachtete die Blätter, die ausgebreitet vor ihm auf dem Schreibtisch lagen. »Hm.«
Unter anderen Umständen wäre Jasper nervös gewesen. Immerhin ging es gerade darum, wie es mit seiner Karriere weitergehen würde. Oder vielmehr: ob es damit weitergehen würde.
Doch mittlerweile war ihm alles einfach nur noch egal. Wenn er sein Leben nicht mit Hendrik teilen konnte, machte sein Beruf keinen Unterschied.
»Hm«, wiederholte Ole.
Jasper lehnte sich auf seinem Stuhl gegenüber von ihm zurück und ließ seinen Blick durch das Büro schweifen.
Ole managte einige erfolgreiche Musikerinnen und Musiker, doch Jasper war sein Vorzeigekünstler. Seine letzte Goldene Schallplatte hing ganz prominent hinter Oles gläsernem Schreibtisch, sodass sie sofort auffiel, wenn man das Büro betrat.
Ole lebte und arbeitete im vornehmen Kölner Stadtteil Hahnwald. Hier gehörte ihm eine fette Villa mit cremefarbener efeubewachsener Fassade, römischen Säulen und einem Vorgarten mit englischem Rasen.
Im Erdgeschoss lag sein Büro. Die erste Tür links im Eingangsbereich, den natürlich ein roter Teppich zierte.
»Hm«, machte Ole zum dritten Mal und trommelte mit den Fingern auf dem Schreibtisch.
Jasper hatte in der Woche seit der Trennung von Hendrik mindestens zwanzig Songs geschrieben. Die zehn besten hatte er am PC so aufbereitet, dass Ole auch etwas damit anfangen konnte. Richtig schön mit getipptem Text und Noten.
»Könnte funktionieren«, meinte Ole schließlich.
Jasper zuckte mit den Schultern. »Cool.«

Ole sah mit hochgezogenen Augenbrauen von den Ausdrucken auf. »Du klingst nicht sonderlich enthusiastisch. Das hier ist eine große Sache, Jasper. Wenn du die Songs aufnimmst und als Album rausbringst … du erfindest dich komplett neu, verstehst du?«
»Ja, verstehe ich«, erwiderte Jasper und spürte dem dumpfen Schmerz nach, den er ununterbrochen verspürte, seit Hendrik sich von ihm getrennt hatte.
»Das scheint dich nicht übermäßig zu interessieren.«
»Es interessiert mich, dass ich die Musik machen kann, die ich möchte«, sagte Jasper, weil das doch stimmen sollte.
So lange schon hatte er sich gewünscht, eigene Songs aufnehmen und singen zu können. Nun war der Moment endlich da und was spürte er? Nichts. Absolut gar nichts.
»Die Presse wird das aufbauschen. Deine Fans werden einiges dazu zu sagen haben.«
»Können sie ja. Ich bin mein eigener Mensch.«
Ole schnaubte. »Als berühmter und beliebter Sänger bist du immer auch ein Produkt der Öffentlichkeit.«
»Jetzt nicht mehr.«
Ole runzelte die Stirn. »Was meinst du damit?«
»Ab sofort gebe ich nur noch Interviews, in denen es um meine Musik geht.«
»Hat das zufällig etwas mit den Knutschfotos zu tun? Willst du deinen neuen Freund schützen?«
Jasper schluckte und krächzte: »Hendrik ist nicht mein Freund.«
»Also war es nur eine Bettgeschichte. Das ist schon mal gut.«
»War es nicht«, fuhr Jasper Ole zugegebenermaßen ein wenig zu heftig an. »Und wieso wäre das gut?«
»Nicht jeder streamt deine Musik, weil sie ihm gefällt. Manche finden dich auch einfach nur sexy. Wenn du jetzt auf einmal die Musikrichtung wechselst *und* nicht mehr für

romantischte Tagträume mit Sonnenuntergängen und rosenblätterbedeckten Betten zur Verfügung stehst, könnte es schwierig werden. Das würde ja auch gar nicht zu diesem ganzen Herzschmerzgedönse hier passen. Ich sehe es schon vor mir«, verkündete Ole mit ausladender Geste. »Jasper Gode wurde das Herz gebrochen und jetzt singt er über seine verflossene Liebe. Ja, das könnte klappen. Was meinst du, wie viele hübsche Kerle dich dann trösten wollen? Du wirst dich vor Groupies kaum retten können.«

Jasper presste die Lippen aufeinander und schwieg. Die Zeit, in den ihn dieser Gedanke gefreut hätte, schien endlos weit zurückzuliegen.

»So könnten wir auch das mit deinen Interviews aufziehen. Die Wunden sich einfach noch zu frisch.«

»Lass Hendrik aus dem Spiel.«

»Wie bitte?«

»Niemand schiebt ihm irgendetwas in die Schuhe. *Ich* habe Scheiße gebaut, nicht er.«

Ole winkte ab. »Das weiß doch keiner. Die haben deinen mysteriösen Küsser ja nicht mal ausfindig gemacht. Muss ganz schön langweilig sein, der Kerl.«

Jasper hielt seinen Daumen und seinen Zeigefinger hoch, dazwischen ein Millimeter Luft. »Ich bin so kurz davor, meinen Rücktritt zu verkünden.«

Ole hob die Hände. »Schon gut, schon gut. Was du gerade gesagt hast, erzählst du aber sonst niemandem, okay? Wenn du auf einmal der Böse bist … obwohl, so ein Bad Boy-Image … nee, das passt nicht zu den Schnulzen. Okay, wir machen es so: Das wird alles total geheimnisvoll. Du postest ein paar kryptische Botschaften auf deinen Profilen im Netz, ich stecke der Presse, dass sich jetzt einiges ändert bei dir und dann … bäm!« Er klatschte in die Hände und sah Jasper

Beifall heischend an. »Was sagst du dazu?«
»Ich bin außer mir vor Begeisterung.«

***

»Der Flat White wird mit einem doppelten Espresso zubereitet, der Cappuccino mit einem einfachen. Außerdem ist der Milchschaum oben flach und geht nicht über den Tassenrand hinaus«, erklärte Hendrik und stellte zwei Tassen auf den Tresen.

Liridon, der gerade einen der Siebträger reinigte, grummelte etwas von *neumodischem Kram* vor sich hin.

Grinsend nippte Arne an seinem Getränk: »Schmeckt gut.«

»Klar schmeckt der gut. Schließlich hat Hendrik ihn gemacht«, fügte Max hinzu und lächelte Hendrik an.

Dieser zwang sich, ebenfalls zu lächeln.

Arne, Max und Liridon waren wirklich lieb. Vermutlich sollte er froh sein, dass die Episode mit Jasper ihm wenigstens auch etwas Gutes beschert hatte: Es war zwar noch zu früh, die drei offiziell als seine Freunde zu bezeichnen, doch Hendrik war sich sicher, dass sich die Freundschaft zumindest anbahnte.

»Ihr solltet ihn nicht auch noch ermutigen«, neckte Liridon und zwinkerte Hendrik zu. »Jeden Tag muss ich die Kreide rausholen und die Tafel mit den Angeboten neu beschriften. Bald passt nichts Neues mehr drauf.«

Hendrik ließ seine Gesichtsmuskeln so gut wie möglich an seinen Mundwinkeln ziehen. Arnes Gesichtsausdruck zufolge war sein Grinsen nicht sonderlich überzeugend.

Zugegeben, vielleicht übertrieb Hendrik. In jeder freien Minute suchte er im Netz nach neuen Rezepten und entwickelte auch eigen. Das war eben seine Art, sich abzulenken.

»Den Flat White ins Angebot zu nehmen, war aber längst überfällig«, sagte er.
Der Trend war schließlich schon vor einiger Zeit aus Australien nach Deutschland geschwappt.
»Man muss mit der Zeit gehen«, stichelte er.
Liridon verdrehte die Augen. »Was neu ist, ist nicht unbedingt besser. Denk nur an Sirup.«
Max zuckte mit den Schultern. »Also, ich trinke gern Kaffee mit Sirup.«
»Banause«, versetzte Liridon. Doch zu einem ausführlichen Vortrag konnte er nicht anheben, da im Hinterzimmer das Telefon klingelte. »Mein Typ wird verlangt«, verkündete er großspurig und ging nach hinten.
Arne spielte betont unbeteiligt mit seinem Löffel. »Wie geht's dir denn sonst so?«
»Du meinst abgesehen davon, dass ich mich ungefähr vierundzwanzig Stunden am Tag mit Kaffee beschäftige, um nicht an Jasper denken zu müssen? Blendend.«
Arne seufzte. »Es tut mir so leid. Wenn ich gewusst hätte … ich wusste ja, wer Jasper ist und dass er hier Urlaub gemacht hat. Aber ich hatte keine Ahnung, dass er deine neue Flamme war.«
Hendrik zuckte mit den Schultern. »Wie denn auch? Du dachtest ja, meine Flamme heißt Julian. Oh Mann, wie bescheuert bin ich eigentlich?«
Max griff über den Tresen und drückte Hendriks Arm. »Wenn man verliebt ist, macht man bescheuerte Sachen. Das ist ganz normal.«
»Mit mir zusammen zu sein ist nicht bescheuert«, fiel Arne ihm gespielt verschnupft ins Wort.
Hendrik ging um den Tresen herum, um Käpt'n einen der neuen Kekse probieren zu lassen – natürlich die Variante

ohne Nüsse oder Schokolade, beides war schließlich giftig für Hunde.

Er hockte sich neben den Landseer, der mit halb geschlossenen Augen mitten im Weg lag, und streckte ihm die Hand hin. »Magst du?«

Ohne den Kopf zu heben, öffnete Käpt'n den Mund.

Lachend schüttelte Arne den Kopf. »Danke, Hendrik.«

Er richtete sich wieder auf. »Ich habe euch zu danken. Ihr kümmert euch so lieb um mich.«

Max stupste ihn in die Seite. »Das ist doch selbstverständlich. Außerdem haben wir auch etwas davon. Du machst uns schließlich den leckersten Espresso nach dem Essen.«

In der vergangenen Woche hatte Hendrik fast jeden Abend bei den beiden zu Abend gegessen und sich selbstverständlich revanchiert.

»Aber ich habe das gar nicht verdient. Schließlich bin ich selbst …«

»Du *bist* nicht daran schuld«, sagte Arne streng. »Jasper hat Scheiße gebaut, nicht du. Max und du, ihr müsst endlich mal damit aufhören, euch selbst für die Fehler eurer Exfreunde Vorwürfe zu machen.«

Max stellte sich auf die Zehenspitzen und gab ihm einen Kuss auf die Wange. »Danke. Du bist süß.«

Hendrik ging zurück hinter den Tresen, um eine Entschuldigung dafür zu haben, dass er den beiden den Rücken zudrehte. So harmonisch war es zwischen Jasper und ihm auch gewesen. Ungefähr drei Tage lang.

Arne räusperte sich. »Ich habe übrigens von ihm gehört.«

Hendrik erstarrte.

»Als er nach eurem Streit abgereist ist, habe ich ihn zufällig getroffen. Ich bin mit Käpt'n bei den Hansens vorbeigekommen; da hat er gerade das Auto gepackt.«

Hendrik schluckte gegen das seltsame Gefühl in seinem Hals an. »Aha.«

»Wir haben uns kurz unterhalten und unsere Nummern ausgetauscht.«

»Nicht dass ich mich beschweren wollte, aber tauschst du öfter die Nummern mit irgendwelchen dahergelaufenen Promis?«, neckte Max.

Es war offensichtlich nicht ernst gemeint. Max musste bereits davon gewusst haben.

Arne verdrehte lachend die Augen. »Nicht mein Typ. Außerdem war das rein platonisch. Wir hatten einige Male nett miteinander gesprochen. Natürlich war ich stinksauer auf ihn. Aber ich dachte, es wäre vielleicht trotzdem ganz gut. Falls wir mal was rausfinden müssen.«

Hendrik betrachtete den Tresen. »Was willst du denn rausfinden?«

»Wie es ihm geht zum Beispiel.«

»Ist mir egal«, behauptete Hendrik.

Nicht einmal dazu war er in der Lage: sich keine Gedanken über Jaspers Gefühle zu machen. Stattdessen grübelte er ständig darüber nach, ob Jasper wohl auch so traurig war.

»Ihm ist jedenfalls nicht egal, wie es dir geht. Deshalb hat er mir vorhin geschrieben.«

Hendrik zuckte mit den Schultern. Einerseits wollte er so tun, als interessiere ihn das nicht. Andererseits war er sich ziemlich sicher, jetzt keinen geraden Satz herauszubringen.

Wollte Jasper das wirklich wissen oder hatte er nur aus Pflichtgefühl gefragt?

»Was hast du geantwortet?«, zwang er sich schließlich zu fragen.

»Noch nichts. Ich wollte das mit dir besprechen.«

»Schreib, dass du Hendrik gerade nicht fragen kannst, weil er mit seinem frischgebackenen Mann in den Flitterwochen ist und vor lauter Sex nicht aufs Handy guckt«, schlug Max vor.
Arne grinste. »Gute Idee. Was meinst du, Hendrik?«
»Ich weiß nicht.« Er zwang sich, einmal tief durchzuatmen. »Schreib doch einfach okay oder so.«
»Er, äh … hat noch etwas gefragt. Oder eher mich um etwas gebeten. Ich soll dich bitten, seine Nummer zu entsperren und ihn anzurufen.«
Stumm schüttelte Hendrik den Kopf.

***

Tilda legte die Füße auf Jaspers Couchtisch und warf ihr Smartphone achtlos in die Ecke seines riesigen schwarzen Ledersofas. »Wie es aussieht, hatten die Leute die Schnauze voll von deiner Musik. Oder wie erklärst du dir, dass so viele diesen ominösen Hinweis gelikt haben?«
Jasper zuckte mit den Schultern, nahm den letzten Bilderrahmen von der Wand und lehnte ihn zu den anderen neben das Sideboard.
»Dann geht es denen wie mir. Mal ehrlich, wie viele sinnlose Funsongs kann ein einziger Mensch singen ohne verrückt zu werden?«
Sie zog die Augenbrauen hoch. »Dass du erst noch verrückt *wirst,* darüber mache ich mir überhaupt keine Sorgen.«
Er schnaubte, trat einen Schritt zurück und betrachtete die leere Wand. Was sollte er jetzt damit anfangen? Am liebsten hätte er ja ein Foto von Hendrik aufgehängt. Überlebensgroß. Aber erstens hatte er keines – ihre gemeinsame Zeit hatten sie nicht mit Selfies verschwendet, sondern all ihre Aufmerksamkeit einander geschenkt – und zweitens würde es

bestimmt doch viel zu sehr schmerzen, ihn jeden Tag vor sich zu sehen und nie bei sich zu haben.

Tilda seufzte. »Sag mir bitte, was los ist. Ich mache mir langsam echt Sorgen um dich.«

»Musst du nicht zur Probe?«

Tildas Orchester trat heute in Köln auf und diese Chance zu einem Besuch bei ihm hatte sie natürlich genutzt.

»Netter Versuch. Die fängt erst in zwei Stunden an. Los, setz dich neben mich und rede mit mir.«

Jasper ließ sich neben seine Schwester auf die Couch fallen und streckte die Beine aus. »Es gibt nichts zu reden.«

Ihre hochgezogene Augenbraue sprach Bände.

»Na schön, dann will ich eben nicht drüber reden.«

»Muss ich mir Sorgen machen?«

Er schüttelte den Kopf. Wobei … er hatte mal gelesen, dass man an einem gebrochenen Herzen sterben konnte.

Jasper wischte sich verstohlen ein paar Tränen aus den Augenwinkeln, aber das entging Tilda natürlich nicht.

Sie legte ihm die Hand auf den Arm. »Du hast Liebeskummer, oder?«, fragte sie sanft.

Er nickte stumm.

»Das tut mir sehr leid. Willst du wirklich nicht erzählen, was passiert ist? Manchmal hilft das. Ich verspreche dir, das sage ich nicht, weil ich neugierig bin.«

»Du *bist* neugierig.«

»Ja, aber deshalb habe ich es nicht gesagt.« Sie stieß ihm den Ellbogen in die Seite. »Du bist vielleicht mein älterer Bruder, aber in Beziehungsdingen habe ich dir einiges voraus.«

»Ich bezweifle, dass du schon mal in so einer Situation warst wie ich. Derart bescheuert bist du nämlich bestimmt nicht.«

»Das ist natürlich möglich. Komm schon, raus damit.«

»Vor über zwei Jahren hatte ich einen One-Night-Stand. Mit Hendrik. Er wusste nicht, wer ich bin. Das hat mir so gut gefallen, dass ich es ihm nicht gesagt und ihm sogar einen falschen Namen gegeben habe. Am nächsten Morgen habe ich deshalb Panik bekommen und bin abgehauen, bevor er aufgewacht ist.«

»Autsch.«

»Ich habe ihn nicht mehr aus dem Kopf bekommen. Die ganze Zeit über musste ich immer wieder an ihn denken. Dann sind wir uns in Frederstadt zufällig begegnet und ich habe es tatsächlich geschafft, ihn davon zu überzeugen, mir eine zweite Chance zu geben. Ich habe ihm gestanden, dass ich eigentlich Jasper heiße. Aber die Behauptung, Investmentbanker zu sein, habe ich nicht richtiggestellt.«

»Ich fürchte, ich ahne, worauf das hinausläuft.«

»Es war so schön mit ihm. Er ist so nett und ehrlich und … ich bin ein Feigling.«

»Lass mich raten: Bevor du ihm die Wahrheit gesagt hast, ist das Foto von euch erschienen und er hat alles erfahren.«

»Japp.« Jasper blinzelte. »Ich weiß, dass ich die gerechte Strafe bekommen habe. Womit ich nicht leben kann, ist, dass ich Hendrik so verletzt habe.«

»Habt ihr danach noch mal miteinander gesprochen?«

»Einma…« Jaspers Stimme versagte und er räusperte sich. »Einmal.«

»Und?«

»Wie hättest du denn an seiner Stelle reagiert?«

»Anders als er. Du läufst ganz normal, also hat er dir offensichtlich nicht ohne Betäubung deine Eier abgeschnitten.«

»Ich glaube nicht, dass ich mit meiner kleinen Schwester über meine Eier sprechen möchte.«

»Dir wird nichts anders übrig bleiben. Eines habe ich zu dem Thema nämlich noch zu sagen: Du hast vermutlich gar keine.«

»Danke für deinen Trost.«
»Du hast keinen Trost verdient, sondern eine Backpfeife.«
Er stieß die Luft aus. »Da könntest du recht haben.«
»Jasper, was zum Teufel hast du dir dabei gedacht?«
»Nichts. Ich konnte überhaupt nicht mehr klar denken. Ich wusste nur, dass ich ihn nicht wieder verlieren möchte. Die Tage mit Hendrik waren die schönsten in meinem Leben. Ich habe noch nie jemanden getroffen, der so … so … Hendrik ist einfach perfekt. Er ist süß und witzig und sexy und ich vermisse ihn so sehr, dass ich mich am liebsten aus dem Fenster stürzen würde, nur damit es aufhört.«
Tilda runzelte die Stirn. »Du hast aber nicht wirklich vor …«
»Nein. Ich habe drüber nachgedacht, aber … nein.«
»Jasper, wenn du über so etwas nachdenkst …«
»Ich bringe mich nicht um, Tilda. Versprochen.«
»Wirklich?«
»Wirklich.«
»Was hast du jetzt vor?«, fragte sie.
»Hast du das nicht in den sozialen Netzwerken gelesen? Jasper Gode erfindet sich neu.«
Sie winkte ab. »Davon rede ich nicht.«
»Ich habe nichts vor. Hendrik will mich nicht mehr sehen. Ich …«
Jaspers Handy piepste und er fiel beinahe vom Sofa, weil er so ruckartig danach griff. Eine Nachricht von Arne! Jasper öffnete sie und stieß enttäuscht die Luft aus. Zwei Worte: *Alles okay.*
Als er aufsah, begegnete er Tildas fragendem Blick. »Nicht von Hendrik.«
»Schade. Von wem dann?«
»Von einem gemeinsamen Bekannten.«

»Seit wann hast du Bekannte? Ich dachte, du scharwenzelst immer nur mit den Reichen und Schönen rum, ohne jemals eine echte Verbindung einzugehen.«
»Sehr schmeichelhaft.«
»Liege ich denn falsch?«
»Nein«, musste Jasper zugeben. »Aber in Frederstadt habe ich außer Hendrik noch jemanden kennengelernt. Arne. Ich hatte gehofft, wir könnten Freunde werden. Jetzt ist er natürlich sauer auf mich, wegen Hendrik. Trotzdem habe ich ihn angeschrieben. Ich musste wissen, wie es Hendrik geht.«
»Und, wie geht's ihm?«
»Keine Ahnung.« Er hielt ihr sein Smartphone hin. »Nicht sehr aussagekräftig, die Antwort.«
»Was genau weiß dieser Arne?«
»Alles, schätze ich. Warum fragst du?«
»Weil er dir nützlich sein könnte.«
»Das klingt sehr skrupellos.«
»Habe ich jemals behauptet, ein guter Mensch zu sein?«

***

»Es wäre wirklich nicht nötig gewesen, dass ihr mich nach Hause bringt«, sagte Hendrik und strich möglichst unauffällig über den Schal, den Jasper ihm geschenkt hatte.
Je länger ihr letztes Gespräch miteinander – ihr Streit – zurücklag, desto öfter hatte er das Bedürfnis, ihn zu tragen. Arne und Max glaubten schon, dass er Halsschmerzen hatte, weil er ihn den ganzen Abend nicht ausgezogen hatte.
Natürlich war das völlig bescheuert. Jasper hatte ihn belogen und hintergangen und Hendrik hätte seinen Schal längst ins Meer werfen oder verbrennen sollen.
»Ist doch kein Problem. Wir müssen eh noch mal mit Käpt'n raus«, erwiderte Max und hakte sich bei Arne unter.

Arne wohnte in einer Erdgeschosswohnung schräg gegenüber vom Coffee Shop, sodass Hendrik nach Feierabend nur den Rathausplatz hatte überqueren müssen, um die beiden zu besuchen. Theoretisch wohnte Max gar nicht dort, sondern in einer WG mit seinem besten Freund und Kollegen Karl. Doch die meiste Zeit verbrachte er bei Arne.

Hendrik schluckte und verbot sich, sich vorzustellen, wie es wohl wäre, wenn Jasper jetzt hier wäre. Wenn Hendrik sich bei ihm hätte unterhaken, den Kopf an seine Schulter lehnen können. Wenn er Jaspers Wärme gespürt, sein Lachen gehört hätte. Okay. Genau das wollte er sich ja eben nicht ausmalen.

Arnes Handy piepste in dessen Jackentasche, doch er ignorierte es. War es wohl eine Nachricht von Jasper? Hatte er wieder nach Hendrik gefragt?

»Gehen wir am Meer entlang oder durch die Stadt?«, fragte Arne.

Max kicherte. »Bitte durch die Stadt. Ich habe keine Lust, stundenlang mit Käpt'n zu verhandeln, weil er nicht ins Wasser darf.«

Arne grinste. »Stimmt, ist wohl besser. Komm, Käpt'n.« Er zog an der Leine, doch davon ließ der Landseer sich nicht übermäßig beeindrucken.

Er warf Arne lediglich einen indignierten Blick zu und drückte die Nase dann wieder neben einer Laterne in eine Schneewehe.

»Moinsen!«, rief jemand hinter ihnen und sie drehten sich um. Sie brauchten nicht einmal das Licht des Vollmonds, um ihn zu erkennen. Dieser Gruß war nämlich Haukes Markenzeichen.

»Moin«, sagten sie, als Hauke sie erreicht hatte.

Er sah Hendrik zerknirscht an. »Ich schulde dir wohl eine Entschuldigung. Eigentlich wollte ich schon längst bei euch

im Laden vorbeikommen, aber … naja, es war mir unangenehm.«
Hendrik schob die rechte Hand in seinen linken Ärmel, berührte das dünne geknüpfte Armband, das er immer noch trug. »Wegen Jasper?«, fragte er, bemüht um einen nonchalanten Tonfall.
»Ich habe die ganze Zeit überlegt, wieso er mir so bekannt vorkommt. Aber es ist mir einfach nicht eingefallen. Dabei hätte ich ihn kennen müssen. Valentin, also mein Cousin, den kennst du ja, hört das Geträller von dem total gern. Aber wenn er die Musik streamt, schaue ich mir nie die Cover von den Alben an und …«, er holte tief Luft und rieb sich über den Nacken. »Es tut mir echt leid.«
»Woher weißt du denn, dass ich nichts davon wusste?«, fragte Hendrik.
Hauke verzog das Gesicht. »Sagen wir mal so: Das Thema wird in Frederstadt gerade ausgiebig diskutiert.«
»Mach dir nichts draus. Das legt sich bald«, warf Max tröstend ein und lächelte Hendrik an.
»Ist es sehr schlimm? Was die Leute sagen, meine ich.«
Hauke schüttelte den Kopf. »Nee, du kommst ziemlich gut weg.«
»Wie beruhigend«, unkte Hendrik.
»Ich hätte meinem ersten Impuls nachgeben und ihm eine reinhauen sollen.«
Hendrik zwang sich, seine Mundwinkel anzuheben. »Sehr heroisch von dir.«
»Tja, so bin ich. Das liebt Karl an mir. Hoffe ich.« Er lachte. »Apropos Karl. Ich muss los. Sorry, Hendrik, ehrlich. Du hast etwas gut bei mir.«
»Lebenslang so viel Schokolade aufs Haus wie ich möchte?«, scherzte er.

Hauke grinste. »Bischn gierig, nech? Wie wäre es mit einer Tafel pro Woche? Nur damit ich nicht pleitegehe. Der Kaffee, den ich bei euch kaufe, ist bannig teuer.«
»Er ist auch bannig hochwertig«, versetzte Hendrik.
»Zwei Tafeln.«
»Plus eine Tüte Gummibärchen.«
Hauke seufzte. »Einverstanden. Ich bringe die erste Ration gleich morgen vorbei. Jetzt kann ich mich ja wieder zu euch in den Laden trauen. Ich brauche auch dringend Kaffee.«
»Ich revanchiere mich mit einem Gratis-Othello.«
Hauke blinzelte. »Wer ist Othello?«
»Othello ist verdammt sexy«, warf Max ein.
Arne schnaubte. »Ich dachte, du findest *mich* verdammt sexy.«
Max zuckte mit den Schultern. »Dich und Othello.«
Hauke lachte. »Na, ich bin gespannt. Moinsen zusammen.«
Sie verabschiedeten sich und gingen in entgegengesetzte Richtungen weiter.
Max fragte Hendrik: »Du bleibst doch hier, oder?«
»Ja. Warum?«
»Na, weil du aus Utrecht weggezogen bist nachdem … weil … du weißt schon.« Er zog die Nase kraus. »Mein Taktgefühl schläft wohl schon. Tut mir leid.«
»Schon gut. Ja, ich bleibe hier. Irgendwie … keine Ahnung. Hier fühle ich mich zuahuser. Mehr zuhause. Ihr wisst schon.«
»Das freut uns.« Arne lächelte ihn an.
»Mich auch«, erwiderte Hendrik und das stimmte sogar.
Er war sehr traurig wegen Jasper. Aber diesmal war etwas anders: Er hatte ein Zuhause gefunden. Leute, mit denen er reden konnte, die ihn unterstützten. Er liebte die Arbeit bei Liridon und das Meer. Selbst das Schnacken mit den anderen Einheimischen im Coffee Shop bereitete ihm Freude. Er war

hier angekommen – und das würde er sich von Jasper nicht kaputt machen lassen.
Arnes Handy piepste schon wieder.
»Guck ruhig nach«, sagte Hendrik und warf ihm einen Seitenblick zu.
»Nein, nein«, erwiderte Arne und tat so, als müsse er Käpt'ns Geschirr zurechtzuppeln.

## Kapitel 8

»Nur fürs Protokoll.« Arne verschränkte die Arme vor der Brust. »Ich mache das nicht, weil ich dich so lieb habe.«
Jasper sah von seiner Gitarre auf, die er gerade bestimmt zum hundertsten Mal stimmte, weil er so nervös war. »Ich weiß.«
»Ich mache das für Hendrik.« Arne lehnte sich mit der Schulter in den Türrahmen.
»Ich auch.«
Als hätte er ihn nicht gehört, fuhr Arne fort: »Ich bin mir nicht mal sicher, dass ich das Richtige tue.« Ehe er das weiter ausführen konnte, klingelte es an der Tür.
Arne warf Jasper noch einen missbilligenden Blick zu, dann verschwand er im Flur seiner gemütlich eingerichteten Wohnung.
Jasper war Arne unendlich dankbar dafür, dass er ihm trotz allem half. Er wusste, dass die meisten in Frederstadt auf Hendriks Seite waren. Allein schon weil Jasper der Grund dafür war, dass eine Woche lang Paparazzi durch den Ort geschlichen waren. Aber in erster Linie deshalb, weil sich anscheinend herumgesprochen hatte, dass Jasper Hendrik … nun ja, verarscht war ein starkes Wort. Aber es traf zu. Er hatte ihn verarscht. Dass Hendrik das nicht verdient hatte, war allen hier klar.
»Jasper ist hier«, sagte Arne, nachdem er Liridon begrüßt hatte.
»Hast du sie noch alle?«
Jasper schluckte. Ob er überhaupt dazu kommen würde, seinen Plan auszuführen? Womöglich wurde er vorher von einem aufgebrachten Mob gelyncht.
Arne redete beruhigend auf Liridon ein. Jasper konnte kein Wort verstehen.

Dann stürmte der erste Gast ins Wohnzimmer. »Wenn ich Hendrik keine moralische Unterstützung leisten wollte, würde ich wieder gehen«, verkündete Liridon mit dramatischer Geste und setzte sich in den Ohrensessel. »Du hast hoffentlich nicht vor zu singen.« Er rümpfte die Nase und wedelte mit der Hand in Richtung der Gitarre, die Jasper in der Hand hielt.
»Doch«, erwiderte dieser und zwang sich zu einem Lächeln, obwohl ihm vor Nervosität nicht danach zumute war. »Ich weiß es zu schätzen, dass du gekommen bi…«
»Hätte ich gewusst, dass du hier bist und was ihr vorhabt, hätte ich abgesagt. *Und* ich hätte dafür gesorgt, dass Hendrik auch absagt.«
Arne war Liridon gefolgt. »Eigentlich ist …«
»Nix eigentlich. Der da«, Liridon wies auf Jasper, »ist hier nicht willkommen.«
Arnes Mundwinkel zuckten. »Das ist meine Wohnung.«
»Ich meinte in Frederstadt.«
»Vielleicht kannst du Gonne Willert ja dazu bringen, ein Betretungsverbot für ganz Frederstadt auszusprechen.«
Jasper sah Arne fragend an.
»Unser heißgeliebter Bürgermeister.« Arne verdrehte die Augen.
»Ich finde ihn wesentlich sympathischer als die Arschgeige da«, sagte Liridon zu Arne, als säße die Arschgeige nicht nur zwei Meter von ihm entfernt auf einem Barhocker.
»Unentschieden, würde ich sagen«, scherzte Arne und ging wieder in den Flur, weil es erneut geklingelt hatte.
Während Arne weg war, sah Liridon demonstrativ in eine andere Richtung.
Jasper holte tief Luft. »Ich bin hier, um …«
Liridon winkte ab.
Dann stürmte Hauke ins Wohnzimmer. »Du.« Er spuckte Jasper das Wort förmlich vor die Füße.

»Ich weiß. Ich bin hier nicht willkommen und noch unbeliebter als Gonne Willert.«
Das Geräusch, das Liridon machte, war eine undefinierbare Mischung aus Schnauben und Lachen.
Hauke zuckte mit den Schultern. »Dann weißt du ja Bescheid.«
Nach ihm betraten Arne, Max und ein weiterer Mann das Wohnzimmer. Das musste Haukes Freund Karl sein.
Er legte eine Hand auf dessen Arm. »Jeder hat eine zweite Chance verdient. Genau wie du«, sagte er und zwinkerte Hauke zu.
Hauke öffnete den Mund und schloss ihn wieder. Schließlich antwortete er: »Das war etwas völlig anderes.«
Max holte tief Luft, doch Karl brachte ihn mit einem vielsagenden Blick zum Schweigen.
»Jedenfalls bekommt er nichts von meinen Pralinen ab«, sagte Hauke, zog eine große Schachtel hinter seinem Rücken hervor und stellte sie auf den Sofatisch.
»Valentin wird sich freuen, dass du heute Abend für uns singst«, sagte Karl und setzte sich aufs Sofa, mit dem Gesicht Jasper zugewandt. »Das ist der Cousin von Hauke. Er ist ein großer Fan von deiner Musik.«
»Musik?«, brummte Hauke, ließ sich neben seinem Freund nieder und schüttelte den Kopf.
»Ich höre so etwas ja auch nicht«, schaltete Liridon sich ins Gespräch ein. »Ich kenne sowieso sehr wenige Leute, die …«
»Jungs, jetzt ist aber mal genug«, sagte Max lachend. »Ich verstehe ja, dass ihr angepisst seid, aber eigentlich ist die Idee doch ziemlich romantisch.«
»Romantik bedeutet für mich, jemandem seinen richtigen Namen und Beruf zu verraten«, erwiderte Liridon.

***

»Ehrlich gesagt dachte ich früher immer, dass Kaffee einfach Kaffee ist«, sagte Ralf und grinste Hendrik im Schein der Straßenlaterne entschuldigend an.
In den letzten Tagen war es deutlich wärmer geworden. Der Schnee war fast restlos geschmolzen. Nur vereinzelt lagen noch traurige, kleine, matschige Häufchen Restschnee im Rinnstein. Es war auch nicht so stürmisch wie sonst, sodass Hendrik statt der Winter- einfach nur eine Windjacke trug und trotzdem nicht fror.
Es wurde langsam, ganz langsam Frühling. Nur in Hendriks Herzen herrschte … ja, was denn eigentlich? Den Winter mochte er. Er war klar und freundlich. Was er in seinem Innern fühlte, war weder klar noch freundlich. Es war dunkel und auf eine unangenehme Weise kalt.
Ralfs Freund Costin, der ihm den Arm um die Schultern gelegt hatte, stichelte: »Allerdings wird es wohl einen Grund dafür geben, dass viel mehr Menschen Kaffee trinken als Tee.«
»Ja. Die haben keine Ahnung«, versetzte Ralf.
Hendrik lachte. »Ich finde, beides hat seine Berechtigung. Man kann ja Tee und Kaffee trinken.«
»Ich hatte übrigens eine Idee. In den nächsten Tagen komme ich mal bei euch im Coffee Shop vorbei, um mich beraten zu lassen. Ich habe nämlich vor, eine Schwarzteemischung mit Kaffeebohnen zu kreieren.«
»Tee mit Kaffee, klingt endlich mal nach einer vernünftigen Sor… hey!« Costin duckte sich weg, doch Ralfs Klaps landete statt auf seiner Schulter immer noch auf seinem Rücken.
»Ich mache Schluss«, erklärte Ralf und hakte sich bei Hendrik unter. »Einen Neuen habe ich auch schon.«
»Du machst deinem Ruf alle Ehre.« Mit diesem Kommentar handelte Costin sich Ralfs ausgestreckten Mittelfinger ein.

In Frederstadt wurde viel getratscht. So hatte Hendrik auch schon gehört, dass Ralf früher einen Ruf als Aufreißer gehabt hatte. Keine Touristin und kein Tourist sollten vor ihm sicher gewesen sein. Doch als Hendrik Ralf kennengelernt hatte, war dieser schon mit Costin zusammen gewesen – und so glücklich verliebt, dass Hendrik kaum glauben konnte, was über ihn erzählt wurde.

»Vielleicht möchte Hendrik ja viel lieber mich trösten«, scherzte Costin und zwinkerte diesem aufgesetzt zu.

Hendrik lachte. »Werde ich auch gefragt?«

»Nein. Du hast nichts zu melden. Immerhin hast du einen katastrophalen Männergeschmack und da hätten weder Costin noch ich eine Chance bei dir. Naja, Costin vielleicht schon, wenn er einen schlechten Tag hat.«

»Wenn Ralf einen schlechten Tag hat, geht er hingegen mit dem Regenschirm auf dich los.«

Hendrik sah Ralf überrascht an. »Wie jetzt?«

Ralf verdrehte die Augen. »Das ist eine böswillige Unterstellung.«

»Ralf wusste nicht, dass ich in die Wohnung über dem Teegeschäft eingezogen war. Am nächsten Morgen hat er mich oben gehört und wollte den Einbrecher mit einem Regenschirm verscheuchen.«

»Tja, hat leider nicht geklappt und jetzt habe ich ihn an der Backe. Jonte, Valentin, gut, dass ihr da seid. Ihr müsst Hendrik glaubhaft versichern, dass ich keinen an der Waffel habe.«

Jonte und Valentin, die gerade Hand in Hand um die Ecke auf den Rathausplatz eingebogen waren, sahen sich gespielt betreten an.

»Man soll ja nicht lügen«, sagte Jonte.

Valentin räusperte sich. »Ralf ist auf seine ganz besondere Art liebenswert.«

»Ich hasse euch. Alle.«
Sie waren alle zusammen bei Arne zum Spieleabend eingeladen. Hendrik freute sich darauf, auch wenn es ihm mit so vielen Leuten sonst schnell zu viel wurde. Aber er mochte alle Gäste und brauchte dringend Ablenkung. Vielleicht würde es ihm heute Abend ja gelingen, mal ein paar Minuten am Stück nicht an Jasper zu denken.
Sie überquerten den Rathausplatz, Jonte drückte auf die Klingel und wenige Sekunden später standen sie in Arnes Flur.
Sie hängten ihre Jacken auf und streichelten Käpt'n zur Begrüßung, doch ehe Hendrik ins Wohnzimmer durchgehen konnte, stellte Arne sich ihm in den Weg.
Hendrik sah ihn fragend an.
»Nimm es mir nicht übel, ja?« Arne lächelte ihn ziemlich zerknirscht an, dann schob er ihn ins Wohnzimmer.
Hendrik blieb im Türrahmen stehen und erstarrte.

***

Wortlos und mit schreckgeweiteten Augen setzte Hendrik sich aufs Sofa, ohne dabei den Blick von Jasper abzuwenden. Er schien sich nicht ganz sicher zu sein, ob Jasper tatsächlich hier oder nur eine schreckliche Illusion war.
Mit einem Mal war es ganz still. Das einzige Geräusch, das Jasper hörte, war das Rauschen des Bluts in seinen Ohren, angetrieben durch sein wie verrückt hämmerndes Herz.
»Hey«, krächzte er.
Hendrik fuhr sich mit der Zunge über die Unterlippe. »Hey.« Er unterbrach ihren Blickkontakt, sah zu Boden, warf dann einen fragenden Blick in Arnes Richtung.
Ihr Gastgeber straffte die Schultern. »Ja, äh, Überraschung.«
»Sehr gelungen, nech?«, brummte Hauke.

Zusammen mit Hendrik waren noch zwei Paare gekommen, die beiden Männer aus dem Teeladen mit ihren Freunden. Jasper glaubte, Valentin zu erkennen, weil er Hauke ein bisschen ähnlich sah, auch wenn er ansonsten ein anderer Typ war, kleiner und schlanker.

Karl räusperte sich. »Vielleicht sollten wir alle mal mit Jasper bekannt machen.«

»Gute Idee«, rief Arne erleichtert und begann damit, Jasper den anderen Gästen vorzustellen.

Jasper konnte sich kaum darauf konzentrieren, wer von ihnen wer war. Immer wieder wandere sein Blick zu Hendrik, der unglücklich vor sich hinstarrte.

Er fühlte sich hintergangen. Von seinen neu gewonnen Freunden.

War das wirklich eine gute Idee gewesen? Wenn Jaspers Plan scheiterte, hatte er nicht nur seine letzte Chance bei Hendrik verspielt, sondern ihn womöglich auch noch um seine neu geschlossenen Freundschaften gebracht. Aber er musste es doch versuchen. Wie sollte er damit leben, nicht alles getan zu haben, um Hendrik doch noch umzustimmen?

»Jasper gibt heute für uns ein exklusives Wohnzimmerkonzert«, verkündete Arne.

»Hast du das bei einem Preisausschreiben gewonnen, Arne?«, frage Hauke.

»Trostpreis«, schnaubte Liridon und verschränkte die Arme vor der Brust. »Oder eher Niete.«

Jasper zwang sich zu einem Lachen. »Es gibt doch nichts Besseres als ein Publikum, das man noch von sich überzeugen muss.«

Karl, Valentin, Max und Arne grinsten matt, Hendrik schaute immer noch vor sich hin.

Käpt'n kam mit ein wenig Verspätung aus dem Flur ins Wohnzimmer getrottet und legte sich mitten in den Raum auf den großen Teppich.
»Ich weiß, ihr seid nicht begeistert von mir. Aber ich bin hier, um das zu ändern.« Jasper holte tief Luft. »Ich habe Mist gebaut.«
»Das kann man so sagen«, warf einer der Männer aus dem Teeladen ein – Ralf? Jonte?
»Hast du deinen Regenschirm dabei?«, fragte ein anderer.
Hendrik lachte nervös und Jasper war so froh, das zu hören, auch wenn er den Witz nicht verstand.
»Nein. Aber einen anderen länglichen Gegenstand. Möchtest du mal fühlen?«
Arne massierte seine Nasenwurzel. »Das wird auf einmal eine ganz andere Veranstaltung als ich geplant hatte.«
Die Atmosphäre entspannte sich langsam, zumindest ein ganz kleines bisschen. Da war keine offene Feindschaft mehr. Eher Resignation.
Jasper schaute zu Hendrik und begegnete für eine Millisekunde dessen Blick, ehe Hendrik schnell wieder wegschaute.
»So, Leute. Jetzt hört unserem Gast mal zu.«
»Ich bin auch Gast hier.«
»Mir hat noch niemand Häppchen angeboten.«
»Denkst du eigentlich immer ans Essen?«
»Hauke, sind die Pralinen nur für dich oder kann man sich da bedienen?«
»Sei vorsichtig. Er hat bestimmt wieder eine Schachtel mitgebracht, die bald abläuft. Nicht dass du auf eine Salmonelle beißt.«
»Da ist doch sicher Glutamat drin.«
»Tja, deinen nächsten Geburtstag wirst du wohl ohne Pralinen von mir feiern müssen, nech?«

»Hey«, sagte Hendrik laut, wenn auch mit leicht zitternder Stimme. »Ich glaube, Jasper war noch nicht fertig.«
»Der soll mal abwarten, bis ich mit ihm fertig bin«, brummte Hauke und schüttelte den Kopf.
»Danke.« Jasper schenkte Hendrik ein Lächeln, das dieser jedoch nicht erwiderte. »Ich weiß, dass ich euer Vertrauen verspielt habe. Vor allem deins, Hendrik. Aber ich möchte es wieder zurückgewinnen.«
»Viel Erfolg«, warf Liridon ein.
»In meiner Zeit hier und auch seit meiner Rückkehr nach Köln habe ich viele Songs geschrieben. Ich weiß nicht, ob ihr das wusstet, aber bisher habe ich immer Lieder gesungen, die andere für mich geschrieben hatten. Mein Aufenthalt hier in Frederstadt und vor allem die Stunden, die ich mit Hendrik verbracht habe, haben mich dazu inspiriert, endlich auch wieder etwas Eigenes zu schreiben. Es war eine sehr intensive und emotionale Zeit für mich. Die hat in mir den Wunsch geweckt, mehr ich selbst zu sein. Auch in der Öffentlichkeit.«
»Von welchem *du selbst* reden wir hier? Jasper? Julian? Oder vielleicht Justus? Jannik? Jacob?«, fragte der Mann ohne Regenschirm.
Jasper stieß die Luft aus. »Ich habe einen Fehler gemacht. Einen Fehler, den ich bitter bereue. Wenn ich alles rückgängig machen könnte … jedenfalls möchte ich jetzt ein Lied spielen, zu dem Hendrik mich inspiriert hat. Ich hoffe, dass euch das vielleicht davon überzeugt, dass es mir ernst ist. Hendrik, ich … also, dieses Lied ist für dich«, schloss Jasper und schlug den ersten Akkord an.
Wenn Hendrik das nicht überzeugte, dann wusste er auch nicht weiter. Er hatte all seine Gefühle in den Text fließen lassen. Die Liebe zu Hendrik, die Reue, das Vermissen. Im Gespräch hätte er sich nie so gut ausdrücken können wie im Song.

Zumindest würde Hendrik ihm zuhören. Das war schon mehr, als er verdiente.

***

Die letzten Takte von Jaspers Lied verklangen, doch es war, als schwebten die Noten und Jaspers Worte noch immer im Raum.
Mit einem Mal war das, was sich in Hendrik so kalt und leer und einsam angefühlt hatte, warm und freundlich. Es war, als bestünde die Luft um sie herum nicht mehr aus Gasmolekülen, sondern aus Licht und Wärme und – so kitschig Hendrik sich auch bei diesem Gedanken vorkam – Liebe.
Er schluckte, zog seine Hände in die Ärmel seines grauen Strickpullis und verschränkte die Arme vor der Brust.
Valentin, der ihm gegenüber auf dem zweiten Sofa saß, schnüffelte vor sich hin und Jonte reichte ihm diskret ein Taschentuch.
Hendrik spürte Jaspers Blick auf sich, doch er fühlte sich dem noch nicht gewachsen, ihn zu erwidern. Zu neu war das alles. Zu … naja, fast zu schön, um wahr zu sein.
Jasper hatte ihn nicht ein-, sondern gleich zweimal belogen und bitter enttäuscht. Nun war er wieder da und es wäre Wahnsinn, ihm noch mal zu vertrauen. Oder? Es fühlte sich alles richtig an, viel zu richtig, *verdächtig* richtig. Die Sache musste einen Haken haben. Einen Haken, den Hendrik im Moment einfach nicht sah, weil er total vernebelt war von Jaspers liebevollen Worten.
Die innere Zerrissenheit, die Angst, die Trauer und Wut auf sich selbst, weil er alles kaputt gemacht hatte, das Vermissen – all das, was Jasper in seinem Song geschildert hatte, hatte so authentisch gewirkt. So etwas konnte niemand singen, wenn

er es nicht meinte. Das glaubte Hendrik jedenfalls. Aber konnte er es wissen?
Er spürte nun nicht mehr nur Jaspers Blick, sondern auch die der anderen.
Liridon stieß ihm den Ellbogen in die Seite. »Sag was«, zischte er.
Hendrik räusperte sich und zwang sich, den Kopf zu heben, in Jaspers Augen mit dem angespannten, flehenden Blick zu sehen. *»Dit ... ik ... ik weet niet wat ik moet zeggen«*, sagte er zu leise und viel zu schnell.
»Das war Niederländisch«, sagte Liridon amüsiert.
Hendrik räusperte sich. »Ich meinte, dass ich nicht weiß, was ich sagen soll.«
»Dass du jetzt eine rauchen gehst. Mit Jasper. Das könntest du sagen«, schlug Valentin mit belegter Stimme vor.
»Wir rauchen gar nicht«, erwiderte Hendrik mechanisch.
»Wie romantisch, er hat *wir* gesagt«, witzelte Ralf, wofür Hendrik ihm unendlich dankbar war, denn jetzt lachten alle über seinen Witz und starrten Hendrik nicht mehr an.
»Hendrik?«, fragte Jasper leise und stellte seine Gitarre neben seinen Hocker auf den Boden. »Können wir reden?«
Jajajajajaja! Jede einzelne Zelle in Hendriks Körper schrie danach, auf Jasper zuzustürzen und sich ihm in die Arme zu werfen. Aber zumindest seine Gehirnzellen waren noch imstande dazu, ihn auf die Gefahren hinzuweisen. Sein Herz war schon gebrochen. Wollte er, dass Jasper es in tausend Stücke zerbersten ließ, wenn die nächste Lüge platzte?
Arne durchmaß mit großen Schritten sein Wohnzimmer und öffnete die Tür zum Garten. »Wenn ihr nicht rauchen wollt – Sterne gucken tut's auch.« Er zwinkerte Hendrik zu.
»Bitte, Hendrik.« Jasper stand auf, ging vorsichtig um Käpt'n herum und hielt Hendrik die Hand hin.
Dieser erhob sich, griff aber nicht nach Jaspers Hand.

»Wir machen zwischendurch ein bisschen *schöne* Musik an«, stichelte Hauke.

Karl verdrehte die Augen. »Kannst du die beiden bitte nicht in ihrem romantischen Moment stören?«

Hauke schnaubte und nahm sich eine seiner Pralinen. »Wenn ihr mich fragt …«

»Ich habe niemanden fragen gehört«, warf Liridon ein.

»Ein bisschen Geklampfe auf der Laute und schon liegt ihr ihm alle zu Füßen. Wenn ich gewusst hätte, dass das so einfach ist, hätte ich Karl einfach was auf der Geige vorgespielt.«

»Oh, Karl, da hast du aber Schwein gehabt.«

Jasper griff nach Hendriks Hand und zog daran. Nicht so fest, dass er Hendrik damit unter Druck setzte. Es war eine Bitte. Eine Frage. Eine Frage, die Hendriks Herz für ihn beantwortete, indem es ihm einen Schubs in Jaspers Richtung gab.

***

Hendrik kaute auf seiner Unterlippe herum und betrachtete das Beet mit den Schneeglöckchen, die sich leise im Wind wiegten.

Jasper stellte sich neben ihn. So dicht, dass ihre Arme sich fast berührten.

Er holte tief Luft, doch Hendrik kam ihm zuvor und wirbelte förmlich zu ihm herum. »Weißt du eigentlich, dass du mich nicht einfach abstellen und reaktivieren kannst, wie es dir passt? In Utrecht gibst du mir das Gefühl, das mit uns ist etwas Besonderes, lügst mich an und am nächsten Morgen bist du weg. Dann tauchst du über zwei Jahre später zufällig hier auf und bringst mich tatsächlich dazu, dir noch mal zu vertrauen. Dass das ziemlich blöd von mir war, steht auf

einem anderen Blatt. Und du lügst immer weiter. Das kommt raus und du hast tatsächlich die Nerven, hier noch mal aufzukreuzen, mir was vorzusingen und zu denken, dann ist alles wieder gut.«
Jasper nickte. »Du hast recht.«
»Schön. Das hilft mir weiter.«
»Hendrik, ich …«
»… bin ein Arschloch?«
»Ja. Bin ich.« Jasper seufzte. »Aber ich bin nun mal ein Arschloch, das dich liebt. Deshalb musste ich es noch mal versuchen.«
»Du hast ziemliche Starallüren, weißt du das? Vielleicht habe ich ja gar nicht auf dich gewartet.«
Hendriks Worte waren dazu gedacht, Jasper wehzutun. Doch sie schmerzen ihn mehr, als Hendrik es sich vermutlich vorstellen konnte.
»Ich weiß, dass …«
»Wenn du das alles weißt, dann …« Hendrik stieß die Luft aus. »Keine Ahnung. Ich habe keine Ahnung, was ich noch denken soll.«
Jasper machte einen winzig kleinen Schritt auf ihn zu. »Du könntest mir sagen, dass du mich auch liebst.«
Hendrik schluckte hörbar. »Dann müsste ich aber auch dazu sagen, dass ich dir trotzdem nicht vertrauen sollte.«
Die Hoffnung, die sich nach Hendriks Worten in Jasper ausbreitete, flutete seinen Blutkreislauf wie eine Droge. »Sollte?«, wiederholte er.
Hendrik steckte die Hände in die Hosentaschen und hob den Blick, sah ihm in die Augen. »Dein Song, der … ach, Scheiße. Wenn ich jetzt sage, dass er mich überzeugt hat, dann erfahre ich morgen wieder, dass du mich angelogen hast.«

»Ich bin Schütze. In Mathe hatte ich immer eine Vier. Nur einmal habe ich es zu einer Drei gebracht. In dem Jahr hatte ich eine Lehrerin, die so verpeilt war, dass sie mich nicht beim Spicken erwischt hat. Mit fünfzehn bin ich mit einem Typen, auf den ich stand, nachts in ein Schwimmbad eingebrochen. Die Polizei kam, er ist abgehauen, mich haben sie geschnappt. Ich vergesse immer, rechtzeitig Geschenke zu Weihnachten oder Geburtstagen zu kaufen, deshalb gibt es von mir meistens Gutscheine. Ich bin der Unmusikalischste in meiner Familie. Bis ich einigermaßen Klavier spielen konnte, hat es ewig gedauert. Letztes Jahr hatte ich eine fiese Herpesangina. Mein Management fand das unsexy und hat deshalb verbreiten lassen, ich hätte mir beim Mountainbiken den Knöchel verletzt. Außerdem verwechsle ich immer die Farben Pink und Lila. Sehr zum Leidwesen meiner Schwester. Tildas Lieblingsfarbe ist nämlich Pink. Äh, Lila. Nee, Pink. Moment.« Jasper runzelte die Stirn. »Was war noch mal Lila?«

Hendriks Lachen kam so überraschend, dass Jasper einen Moment lang wie vom Donner gerührt vor ihm stand.

»Du bist bescheuert«, japste Hendrik.

»Ich bevorzuge den Begriff verrückt. Das bin ich nämlich wirklich. Verrückt nach dir.«

Hendrik schüttelte lachend den Kopf. »Ziemlich klischeehaft, oder?«

»Hendrik, ich liebe dich.«

Hendriks Lachen verstarb. »Ich würde dir so gern glauben.«

»Kennst du den *Shoop Shoop Song* von Cher?«

Hendrik blinzelte ein paarmal.

Jasper fuhr fort: »Du weißt schon. Das Lied, in dem sie singt, dass man an einem Kuss merkt, ob die Gefühle von jemandem echt sind.«

»Ist das jetzt eine ganz raffinierte Masche, um mich dazu zu bringen, dich zu küssen?«
»Funktioniert's denn?«
»Ganz ehrlich? Du musst mich nicht erst dazu bringen, das zu wollen.«
»Tu dir keinen Zwang an.«
Hendrik streckte die Hand aus, strich über Jaspers Brust. Dieser spürte die Berührung durch den Stoff seines selbst gebügelten und daher leider noch ziemlich faltigen Hemdes.
»Ich sollte das nicht tun. Ich sollte dir eine reinhauen und abhauen. Ich sollte …«
»Hm?«, fragte Jasper, als Hendrik verstummte.
»… dich küssen«, beendete Hendrik seinen Satz, schlang die Arme um seinen Nacken und drückte seine Lippen auf Jaspers.

***

Hendrik hatte den Reiz von Achterbahnen nie verstanden. Deshalb hatte er sich nie in einen dieser engen Sitze mit dem Sicherheitsbügel gezwängt, nur um sich ein paar Augenblicke später die Kehle heiser zu schreien. Gefahr hatte auf ihn noch nie den geringsten Reiz ausgeübt.
Umso unverständlicher war es ihm selbst, dass er es hier gerade genoss, sich wie im freien Fall zu fühlen, mit wehenden Haaren und ein bisschen Schwindel.
Er hatte es ja versucht. Er hatte selbst nach Jaspers Lied noch versucht, ihm zu widerstehen. Hatte sich, nachdem sie in Arnes Garten gegangen waren, so abweisend gegeben, wie es ihm möglich gewesen war. Doch Jaspers Worte hallten noch immer in ihm wider.

Jasper schlang die Arme um Hendriks Körper und zog ihn an sich. Er war frisch rasiert und duftete nach dem Aftershave, das Hendrik schon von ihm kannte.
Als sie sich wieder voneinander lösten, sah Jasper ihm in die Augen. »Was heißt das jetzt?«, fragte er atemlos.
Hendrik sah ihn verständnislos an.
»Sag mir bitte, dass das kein Abschiedskuss war.«
Hendrik biss sich auf die Unterlippe. »Es war kein Abschiedskuss.«
»Sondern?«, drängte Jasper.
Hendrik lachte nervös. »Kannst du mir bitte mal ein paar Minuten geben? Ich habe nicht unbedingt damit gerechnet, dir heute bei Arne zu begegnen. Mit diesem Song schon gar nicht.«
»Okay.«
Hendrik musste sich selbst dazu zwingen, einen Schritt zurückzutreten, etwas Abstand zwischen Jasper und sich zu bringen. Wie sollte er klar denken, wenn Jasper ihn im Arm hielt?
Verdammt, was sollte er nur machen? Hatte er überhaupt eine Wahl?
Jasper räusperte sich. »Was kann ich tun?«
Hendrik schnaubte. »Du hast schon genug getan.« Er fuhr sich durch die Haare, ging ein paar Schritte auf und ab. »Ich weiß nicht, was ich machen soll«, sagte er, wohlwissend, dass Jasper da eigentlich nicht der richtige Ansprechpartner war.
»Das verstehe ich.«
»Du hast mir so, so, *so* wehgetan.« Hendrik blinzelte gegen die Tränen an, die ihm in die Augen stiegen. »Du hast überhaupt keine Chance mehr verdient.«
»Das stimmt«, sagte Jasper kleinlaut.
»Solltest du nicht versuchen, mich umzustimmen?«

»Du hast doch recht. Ich habe keine weitere Chance verdient. Nur eines kann ich dir versprechen: dass es die letzte ist, die ich brauche. Ich werde dich nie wieder anlügen oder dir etwas verheimlichen, Hendrik. Das verspreche ich dir.«
Hendrik lehnte sich mit dem Rücken gegen einen von Arnes Apfelbäumen. Von hier aus konnte er die Terrassentür stehen, an der Liridon ganz unauffällig lehnte. Ungefähr alle zwei Sekunden legte er die Hände an die Glasscheibe, um aus der erleuchteten Wohnung besser in den dunklen Garten schauen zu können.
Als er das das nächste Mal tat, winkte Hendrik ihm zu.
Liridon winkte zurück und reckte den Daumen in die Höhe.
»Woher soll ich wissen, ob ich dir glauben kann? Oder eher: Wieso weiß ich es?«
»Wie meinst du das?«
»Dein Song, der … ich weiß auch nicht. Der hat mich überzeugt«, musste Hendrik zugeben. »Aber ich habe Angst.«
»Das verstehe ich. Ich auch.«
»Also, ich heiße wirklich Hendrik und bin auch wirklich Barista.«
»Das meine ich nicht. Ich habe Angst, dass du mir doch keine Chance mehr gibst. Dass ich damit leben muss, dass ich dich so verletzt habe, ohne es wiedergutmachen zu können. Vor einem Leben ohne dich. Ehrlich gesagt hatte ich auch ziemlichen Schiss vor heute Abend.«
Hendriks Herz schlug wie wild. Jaspers Worte klangen so aufrichtig. So überzeugend. Aber durfte er sich noch einmal von ihm überzeugen lassen? Es fühlte sich so gut an, Jasper zu sehen, seine Stimme zu hören, ihn bei sich zu spüren. Sein Song hatte Hendrik so glücklich gemacht. Dennoch … dieser nagende Restzweifel setzte ihm zu.
»War ja auch ziemlich riskant, das Ganze vor Publikum zu machen«, sagte Hendrik.

Jasper lächelte. »Stimmt. Aber ich brauchte Arnes Hilfe. Es war Tildas Idee, ihn mit einzuspannen. Ohne ihn hätte ich es bestimmt nicht geschafft, dich dazu zu bringen, mir zuzuhören. Und die anderen … ich weiß ja, dass sie alle sauer auf mich sind. Ich dachte … naja, das zeigt dir, wie ernst es mir ist. Dass ich mich dieser Situation stelle.«
Hendrik presste die Lippen aufeinander. Das war bestimmt schwierig gewesen. Wenn er sich nur vorstellte, überhaupt vor Publikum auftreten zu müssen … aber so?
»Das war sehr mutig von dir«, sagte er leise und blieb vor Jasper stehen. »Also hast du verdient, dass ich auch mutig bin.«
Jasper räusperte sich. »Was heißt das?«
»Dass ich dir noch eine Chance ge…« Das Ende seines Satzes küsste Jasper ihm von den Lippen.

***

Bestimmt standen sie nun schon einige Minuten lang eng umschlungen unter dem Apfelbaum, Hendriks Gesicht in Jaspers Halsbeuge geschmiegt, Jaspers Hände in Hendriks Rücken verschränkt. Doch als Hendrik sich nun von ihm löste und ihn anlächelte, kam es Jasper so vor, als hätte ihre Zweisamkeit nur einen Augenblick gedauert.
»Ich glaube, wir sollten wieder reingehen«, murmelte Hendrik und streichelte ihm über die Wange. »In jedem Fall muss ich mich bei Arne bedanken.«
»Du? Warum du denn?«
»Weil er dich mir zurückgebracht hat.«
Jasper schluckte gegen den Kloß an, der sich in seinem Hals bildete. »Wenn jemand Grund hat, sich bei ihm zu bedanken, dann ja wohl ich.«
»Dafür, dass er mich hinterhältig in eine Falle gelockt hat?«

Jasper lachte. »Genau dafür.«
»Was hättest du eigentlich gemacht, wenn ich dir vor versammelter Mannschaft einen Korb gegeben hätte?«
»Ich wäre in Selbstmitleid versunken. Nachdem ich mich vor Hauke versteckt hätte.«
Hendrik grinste. »Hauke ist eigentlich echt in Ordnung.«
»Ich weiß. Er hat ja recht.«
»Eigentlich müsste ich dir auch dankbar sein. Ohne deine Lüge wäre ich bestimmt nicht über meinen Schatten gesprungen und hätte nicht so schnell neue Freundschaften geschlossen.«
»Na, dann habe ich doch alles richtig gemacht«, unkte Jasper.
»Jedenfalls freut es mich, dass du Anschluss gefunden hast. Ich weiß ja, dass du dir das sehr gewünscht hast.«
Hendrik drückte ihm einen Kuss auf die Wange. »Das ist lieb von dir.«
Die Terrassentür quietschte leise, dann hörten sie Liridon rufen: »Wenn ihr noch was von Haukes Pralinen wollt, dann solltet ihr euch beei…«
»Och, Liridon, mach dir Tür zu.«
»Echt mal, die beiden möchten ein bisschen Privatsphäre.«
Liridon schnaubte. »Sie stehen vor dem Fenster. Was ist denn da privat?«
»Tür zu!«, rief Arne von weiter innen in der Wohnung.
Lachend nahm Hendrik Jaspers Hand. »Schon gut, wir kommen rein.«
Sie waren noch nicht ganz im Wohnzimmer, da fiel Liridon Hendrik um den Hals. Dieser erwiderte die Umarmung mit einem Arm, mit der anderen Hand hielt er Jaspers weiter fest.
»Herzlichen Glückwunsch. Ich wusste ja gleich, dass ihr euch wieder zusammenrauft«, behauptete sein Chef, als er ihn wieder losließ.
Hendrik zog nur die Augenbrauen hoch, sagte aber nichts.

»Glückwunsch auch von uns. Darauf sollten wir anstoßen. Wie wäre es mit einer Tasse *Vollmondnacht?«,* schlug einer der Gäste vor.
»Die Mischung kenne ich noch gar nicht. Was ist da drin?«
»Feenstaub wahrscheinlich«, unkte Liridon.
»Klar. Habe ich ja von dir bekommen.«
Liridons Mundwinkel zuckten.
»Da sind zum Beispiel Zitronenmelisse, Lavendel und Kamille drin. Das wirkt beruhigend.«
»Kann Hauke gut gebrauchen«, sagte dessen Freund und stupste den Besagten in die Seite.
Hauke verschränkte die Arme vor der Brust. »Ich äußere mich nicht mehr dazu.«
Arne sagte: »Morgen wird sowieso ganz Frederstadt über nichts anderes reden. Meine Kollegin Kira hat mir eben geschrieben, dass du auf dem Weg hierher gesehen wurdest, Jasper. Ich nehme an, die Leute können sich zusammenreimen, weshalb du hier bist.«
Jasper drückte Hendriks Hand. »Tut mir leid.«
»Nicht schlimm«, erwiderte Hendrik und lächelte ihn an.
Jasper sah ihm an, dass er das so meinte, und das bedeutete ihm sehr viel. Schließlich wusste er, dass Hendrik introvertiert war und nicht gern im Mittelpunkt stand. Dass er bereit war, das auf sich zu nehmen, war Jasper eine Ehre.
»Was passiert denn jetzt? Gebt ihr eine Pressemeldung raus?«, fragte Liridon.
Max lachte. »Lass die beiden doch erst mal in der neuen Situation ankommen. So eine Entscheidung muss sicher nicht heute getroffen werden.«
Jasper zog eine Grimasse. »Liridon hat schon recht. Wir müssen uns bald überlegen, wie wir das handhaben.«

»Aber nicht mehr heute«, sagte Hendrik und lehnte sich an ihn. »Jetzt genießen wir einfach den Abend mit unseren Freunden.«
Wie selbstverständlich er das sagte. Das umfasste so viel. Dass Jasper und er jetzt zusammengehörten. Dass Hendriks Freunde auch die von Jasper waren. Hendrik hatte endlich seinen Platz gefunden und rückte jetzt ein Stück zur Seite, damit Jasper ihn mit ihm teilen konnte.
»Was ist eigentlich mit dem versprochenen Spieleabend?«, fragte Valentin.
»Alles, nur kein Gesang mehr. Allein schon wegen Käpt'n. Das arme Tier kann sich ja nicht wehren«, sagte Hauke.
»Och, ich hätte gern noch ein Lied gehört«, sagte dessen Cousin.
»Lass dir eine CD schenken.«
»Ich bin auch für den Spieleabend«, sagte Liridon und sah Jasper schuldbewusst an. »Nichts für ungut.«
Dieser winkte ab. »Schon gut.«
»Mir hat's gefallen«, flüsterte Hendrik ihm zu.
Das war doch das Aller-, Allerwichtigste.

## Kapitel 9

Hendrik öffnete Jaspers Profil und scrollte durch die Fotos, die sein Freund zuletzt gepostet hatte.
Jaspers neues Album war letzte Woche herausgekommen und seit dem Veröffentlichungstag reihte sich ein Presse-Termin an den anderen. Allein heute war er in einer Morgenshow im Fernsehen aufgetreten und hatte dort seine erste Single vorgestellt – das erste Lied, das er in Frederstadt geschrieben hatte –, danach war er bei einer Radiosendung zu Gast gewesen, am Nachmittag hatten zwei Zeitungsinterviews stattgefunden und jetzt gerade war er bei einem Dreh mit einem Musik-Influencer, der ihr Gespräch live im Netz streamte.
Hendrik schaute auf die Zeitanzeige an seinem Handy. Nein, das Gespräch mit dem Influencer war schon vorbei. Jasper musste jetzt auf dem Weg ins Hotel sein.
Hendrik stand von der Bettkante auf und ging im Hotelzimmer auf und ab. Sie hatten sich gerade einmal eine Woche lang nicht gesehen. Kein Grund, so nervös zu sein.
Schließlich waren sie auch nicht zum ersten Mal für mehrere Tage getrennt gewesen. Während der Studioaufnahmen war Jasper von Frederstadt nach Berlin gependelt und hatte dort auch immer mal wieder im Hotel übernachtet.
Hendrik zwang sich, tief durchzuatmen, und setzte sich auf den Stuhl vor dem kleinen Schreibtisch in Jaspers Hotelsuite. Dessen Manager Ole hatte ihm die Schlüsselkarte besorgt. Jasper hatte keine Ahnung, dass Hendrik sich zwei Tage freigenommen hatte, um ihn zu sehen.
Er öffnete Jaspers Social Media-Profil wieder. Sein Daumen schwebte über dem Button, mit dem er zeigen konnte, dass das Bild ihm gefiel. Sollte er? So wäre es immerhin möglich,

dass Jaspers Fans oder die Presse sein eigenes Profil entdeckten.

Ihre Beziehung war natürlich schon zwei Tage nach ihrer Versöhnung vor einem halben Jahr öffentlich geworden. Wer aus Frederstadt sie gesehen und verraten hatte, wusste Hendrik nicht.

Bis jetzt lief es ganz gut. Es tauchten immer mal Schnappschüsse von ihnen im Netz und den Medien auf, wenn sie zusammen gesehen wurden. Einige Touristen wussten natürlich, dass Jasper sich regelmäßig in Frederstadt aufhielt. Doch es war nicht so schlimm, wie Hendrik befürchtet hatte. Wurde Jasper angesprochen und um Autogramme oder Fotos gebeten, hielt er selbst sich bewusst im Hintergrund. Auch der eine oder andere Gast im Coffee Shop kam nicht nur wegen des Kaffees. Inzwischen hatten Hendrik und Liridon ein Gefühl dafür, wer ein Fan von Jasper sein könnte. Meist übernahm Liridon dann von vornherein das Gespräch. War das nicht möglich, bat Hendrik darum, seine Privatsphäre zu respektieren. Er war selbst überrascht, dass das bislang immer funktioniert hatte.

Hendrik entschied sich dagegen, auf das Bild zu reagieren, machte stattdessen ein Foto von der Hotelsuite und schickte es an seine Mutter.

Wenn Hendrik Urlaub machte, dann meist in Pensionen oder Ferienwohnungen. So einen schicken Schuppen wie diesen hier hatte er noch nie von innen gesehen. Das Fünf Sterne-Hotel lag mitten in der Münchner Innenstadt und war eingerichtet wie ein vornehmes Schloss. Weinroter Teppichboden auf den Gängen, antike Möbel, Brokatvorhänge und sogar ein Himmelbett – wäre nicht alles so dezent gehalten, hätte es vermutlich kitschig gewirkt.

Hendrik zupfte sein beigefarbenes T-Shirt glatt und schaute zur Tür.

Wie lange musste er wohl noch auf Jasper warten?
Er schaute noch mal nach der Uhrzeit. Lange konnte es nicht mehr … da! Das war doch Jaspers Stimme auf dem Gang, oder?
Noch bevor Hendrik zur Tür gehen konnte, um besser zu hören, öffnete diese sich.
Jasper betrat die Suite, entdeckte Hendrik und ein breites Grinsen trat auf sein Gesicht. »Ich rufe dich später noch mal an«, sagte er, kickte die Tür zu, warf sein Handy achtlos auf einen kleinen Beistelltisch – vermutlich edwardianisch – und war mit zwei großen Schritten bei Hendrik. »Was«, er küsste ihn, »machst«, noch ein Kuss, »du denn …«
Diesmal ließ Hendrik nicht zu, dass Jasper ihren Kuss noch einmal unterbrach. Er fuhr mit den Händen in dessen Haar und hielt ihn fest, als er ihren Kuss vertiefte und sich an Jasper schmiegte.
Jasper roch nach Make-up und Fernsehstudio. Das hier war der Bühnen-Jasper. Doch von dem echten, von Hendriks Jasper, unterschied er sich nur äußerlich. Nun wusste Hendrik ganz sicher, wer Jasper war. Und dass sie zusammengehörten.
»Du hast mir so gefehlt«, raunte Jasper gegen Hendriks Lippen. »Ich gehe auf gar keinen Fall auf Tour. Die sage ich ab.«
Hendrik lachte und schmiegte sein Gesicht in Jaspers Halsbeuge, strich über den Stoff von dessen Designer-Hoodie. »Ich dachte, du kannst es kaum erwarten, endlich deine eigene Musik zu spielen. Deshalb hattest du es doch so eilig, das Album aufzunehmen.«
Jasper schob die Hände unter Hendriks Shirt, streichelte über die nackte Haut an dessen Rücken. »Erstens wusste ich da noch nicht, wie schrecklich es ist, jemanden so zu vermissen.«
»Ich habe dich auch vermisst«, murmelte Hendrik.

»Und zweitens bin ich der Meinung, dass wir auch gleich noch reden können.«
Hendrik kicherte. »Willst du mich etwa wie ein Groupie auf deinem Hotelzimmer vernaschen, Jasper Gode?«
»Ich hatte gehofft, dass du deshalb hier bist.«
»Eigentlich wollte ich dir von unserer neuen Kaffeesorte erzählen.«
»Nackt?«
»Wie denn sonst?«

***

»Warte«, keuchte Jasper und legte seine Hand auf Hendriks Brust, schob ihn ein wenig von sich weg, sodass er aufrecht auf dem Schoß von Jasper saß, der rücklings auf dem Bett lag. Hendriks Haare waren verwuschelt, die Wangen und Lippen gerötet, seine Augen glänzten im gedämpften Licht der altmodischen Nachttischlampe. Durch den Spalt zwischen den zugezogenen Vorhängen am Fenster fiel ein schmaler Streifen Abendlicht ins Zimmer und auf Hendriks Oberkörper.
»Was ist los?«, fragte Hendrik atemlos und malte mit dem Zeigefinger Kreise auf Jaspers Brust.
»Ich will dich ansehen.«
Hendrik lachte nervös. »Spanner.«
Grinsend stütze Jasper sich auf die Ellbogen auf, ließ seinen Blick genüsslich über den Körper seines Freundes gleiten. »Ich habe dich eine Ewigkeit nicht gesehen.«
»Wir hatten gestern Abend einen Videocall. Vielleicht erinnerst du dich ja daran.«
»Und wie ich mich daran erinnere.«
Mit einem verlegenen Lächeln wich Hendrik Jaspers Blick aus.

Die Tage ohne Hendrik waren Jasper viel zu lang vorgekommen. Er hatte ja nicht geahnt, dass er ihn heute wiedersehen würde. Eigentlich hatte er damit gerechnet, noch acht weitere Tage ohne ihn auskommen zu müssen.
So war Jasper gar nichts anderes übrig geblieben, als sich selbst anzufassen. Hendrik dabei zuzusehen, wie er das bei sich auch tat – selbst wenn Jasper nur sein Gesicht hatte sehen können –, hatte dafür gesorgt, dass er peinlich schnell gekommen war.
»Das war so heiß. *Du* warst heiß«, raunte Jasper und strich über Hendriks nackte Brust, seine Hüften, die Oberschenkel, ohne ihn dort zu berühren, wo er es jetzt am liebsten getan hätte. Aber er wollte sich Zeit lassen. Die Nacht, die er mit seinem Liebsten hatte, auskosten, auch wenn er dafür morgen früh eine halbe Stunde länger in der Maske säße, weil er nicht geschlafen hatte.
Hendrik biss sich auf die Unterlippe. »Du auch.«
Jasper grinste. »Nicht so wie du. Du hast keine Ahnung, wie sexy du bist.«
»Wahrscheinlich stehle ich dir deshalb die Fans.«
Jasper sah ihn fragend an.
Hendrik winkte ab. »Nicht wichtig.«
»Muss ich mir Sorgen machen?« Jasper bemühte sich um einen leichten Tonfall, doch er hörte selbst, dass der ihm nicht ganz gelang.
So gern er Musik machte – seine eigene Musik –, sein Job hatte noch immer den Nachteil, dass er viel unterwegs war. Hendrik war unwiderstehlich. Wer wusste schon, wie oft er in Jaspers Anwesenheit angebaggert wurde. Manchmal passierte es ja sogar, wenn Jasper dabei war. In den meisten Fällen bemerkte Hendrik das nicht einmal. Aber das änderte nichts daran, dass Jasper sich manchmal Sorgen machte.

»Vorgestern war so ein Typ im Coffee Shop, der mir erzählt hat, dass er gern deine Musik hört. Er war aber nicht so ein typischer Fan wie die, die sonst bei uns aufschlagen und mich ausfragen wollen. Wir haben uns ein bisschen unterhalten.«
»Über Kaffee?«
»Ja, klar. Ich arbeite übrigens in einem Coffee Shop.«
Jasper zog eine Grimasse.
»Nicht jeder hat einen Kaffeefetisch, Jasper.«
»Ich habe einen Hendrik-wenn-er-über-Kaffee-spricht-Fetisch. Das ist etwas ganz anderes. Was war jetzt mit dem Typen?«
»Nichts. Er hat mich gefragt, ob ich später mit ihm an den Strand gehen will, und da meinte Liridon halt …«
»Was hast du gesagt?«
»Du willst hoffentlich nicht, dass ich mich über dich ärgere. Natürlich habe ich nein gesagt.«
Jasper stieß die Luft aus. »Das ist gut.«
»Sex am Strand ist doch echt nicht der Hammer. Die ganzen Sandkörner und …«, Hendrik brach prustend mitten im Satz ab. »Du solltest mal dein Gesicht gerade sehen.«
»Woher weißt du, wie Sex am Strand ist?«
»Ich war schon mal am Strand, Jasper. Ich kann mir vorstellen, wie unpraktisch das mit dem Sand ist.«
Jasper nickte langsam.
»Möchtest du noch weiter darüber spekulieren, wann ich wo mit wem Sex haben könnte?«
»Ich würde gern über die Möglichkeit spekulieren, jetzt mit dir hier Sex zu haben.«
»Dann halt die Klappe und küss mich.«
Jasper legte die Hand in Hendriks Nacken, strich über das weiche Haar dort und zog ihn zu sich hinunter, bis ihre Nasenspitzen sich berührten. *»Ik hou van jou, liefje«,* flüsterte

Jasper gegen Hendriks Lippen.
»Ich liebe dich auch«, erwiderte dieser und lächelte ihn an.

***

Hendrik griff nach Jaspers Handgelenken und drückte diese neben dessen Kopf in die Kissen.
Sein Freund grinste zu ihm auf. »Was hast du vor?«
Hendrik biss sich auf die Unterlippe und wich seinem Blick aus.
»Hey. Alles okay?«, fragte Jasper liebevoll.
Hendrik lachte verlegen. »Sorry. Ich … ich bin nicht sonderlich gut darin, über so etwas zu reden.«
»Du musst nicht reden.«
Hendrik beugte sich vor, stütze sich mit einer Hand auf der Matratze ab und schob die andere zwischen ihre Körper. »Ich … will dich anfassen«, sagte er und strich langsam über Jaspers Bauch abwärts.
»Finde ich gut«, erwiderte Jasper mit einem atemlosen Lachen.
Hendrik küsste ihn auf die Wange, dann raunte er ihm ins Ohr: »Ich will fühlen, wie …«
»Wie scharf ich auf dich bin?«, krächzte Jasper.
Hendrik spürte seinen schnellen Atem an seiner Schulter. Mit dem Zeigefinger fuhr er Jaspers Leiste entlang. »Mhm.« Er biss ihm ins Ohrläppchen. »Ich liebe es, dich anzufassen.«
»Tu dir keinen Zwang an«, keuchte Jasper.
Hendrik schlang seine Hand um Jaspers Erektion und strich mit dem Daumen über die bereits feuchte Spitze.
»So?«, fragte Hendrik, wohlwissend, dass er Jasper genau so um den Verstand brachte.
Jasper drängte seine Hüften Hendriks Berührung entgegen. »Das ist nicht fair«, keuchte er.

Hendriks Mundwinkel zuckten. »Soll ich aufhören?«, fragte er und knabberte an der weichen Haut an Jaspers Hals. Er schmeckte nach Make-up, aber das war ihm egal.
»Bitte nicht. Bitte, bitte nicht.«
Hendrik hatte das Gefühl, vor Lust jeden Moment in Flammen aufzugehen. Er wusste, dass Jasper ihn liebend gern ebenfalls verwöhnt hätte. Doch er hatte sich vorgenommen, sich erst einmal um Jaspers Bedürfnisse zu kümmern. Dass sein Freund sich gut fühlte, war ihm viel wichtiger, als seine eigene Befriedigung und er wusste genau, dass es Jasper umgekehrt genauso ging.
»Darf ich dich anfassen?«, fragte Jasper, als hätte er Hendriks Gedanken gelesen.
Dieser musste für seine Antwort einiges an Willenskraft aufbringen. »Gleich. Jetzt bist du erst mal dran.«
Jasper schloss die Augen und stöhnte leise. »Wird nicht mehr lange dauern«, witzelte er.
Hendrik grinste und strich mit festem Griff Jaspers Härte auf und ab.
Er liebte alles, was sie im Bett miteinander taten. Aber ganz besonders heiß fand er es, Jaspers Erregung auf so unmittelbare Weise zu spüren.
»Ich will dich anfassen. Ich muss«, sagte Jasper atemlos. Noch ehe Hendrik hätte protestieren können, hatte Jasper ihn in die Hand genommen, strich langsam, viel zu langsam auf und ab.
Hendrik verlor den Rhythmus bei seinen Berührungen, doch Jasper schien das nicht zu stören. Inzwischen wusste Hendrik ganz genau, wann Jasper kurz davor war – nicht dass es ihm gerade anders gegangen wäre.
»Ich liebe dich.« Jaspers Stimme war heiser, sein Blick intensiv.

»Und ich dich erst«, konnte Hendrik noch erwidern, ehe sein Höhepunkt ihn mit sich fortriss.
Wie durch einen Schleier nahm er war, dass Jasper gleich nach ihm über die Klippe stürzte. Doch so richtig bei sich war Hendrik erst wieder, als er außer Atem auf Jaspers Brust lag und dessen Finger durch sein Haar strichen.
»Ich bin so froh, dass du da bist. Das sage ich nicht nur, weil wir jetzt miteinander im Bett sind«, raunte Jasper und Hendrik hörte das Lächeln in seiner Stimme.
»Ich auch«, erwiderte und drückte einen Kuss auf die erhitzte Haut über Jaspers ausgeprägtem Brustmuskel. »Und das sage ich vor allem, weil wir miteinander im Bett sind.«
Jasper lachte dunkel und Hendrik spürte das Vibrieren seines Brustkorbs. »Sollen wir was beim Zimmerservice bestellen?«
»Brauchst du etwa schon Stärkung?«, neckte Hendrik.
»Du weißt ja nicht, was ich noch alles mit dir vorhabe.«

## Kapitel 10

Jasper ließ seinen Blick durch die bis auf den letzten Platz besetzte Halle gleiten. Die Lichter der Bühnenscheinwerfer waren auf ihn gerichtet, sodass er vom Rest der Konzerthalle nicht allzu viel erkennen konnte. Doch es reichte ihm, zu wissen, dass auf mittlerer Höhe rechts die VIP-Lounge war, in der Hendrik und ihre Frederstädter Freunde saßen.

Das Konzert fand natürlich nicht in Frederstadt selbst statt, aber zumindest in der nächsten Großstadt. In den letzten Jahren hatte Jasper in riesigen Hallen gespielt, sogar eine Stadiontour gemacht. Das war ein tolles Erlebnis gewesen. Aber es hatte sich nicht richtig angefühlt. Es war so anonym gewesen, so … fremd irgendwie. Hier in der kleineren Halle war Platz für knapp achttausend Leute. Das waren natürlich immer noch viele. Aber jetzt hatte er das Gefühl, sie alle erreichen zu können.

Jasper nahm das Mikrofon vom Ständer und setzte sich auf den Rand des Podests für das Schlagzeug, ließ seine Beine baumeln. Er hatte bereits die ersten drei Songs gespielt. Zeit, ein wenig mit seinen Gästen zu plaudern.

»Vielen Dank, dass ihr alle gekommen seid. Vorausgesetzt natürlich, dass ihr freiwillig hier seid.«

Seine Fans lachten und Jasper grinste.

»Jedenfalls finde ich es schön, dass ihr da seid, obwohl ich … wie hat die *Boulevardnews* das formuliert? Ach ja. Deprisongs. Obwohl ich jetzt nur noch Deprisongs singe.«

Sein Publikum buhte und pfiff und Jasper konnte sich lebhaft vorstellen, was Hauke gerade zu Karl sagte.

»Es ist schön, dass mir die meisten trotz der musikalischen Veränderung die Treue gehalten haben. Genauso toll ist es, dass ich jetzt auch neue Leute mit meiner Musik anspreche.

Äh, Technik? Könnt ihr bitte mal kurz ins Publikum leuchten?«

Zwei der größten Scheinwerfer drehten sich langsam, sodass nun der Zuschauerraum erhellt war.

Jaspers Fans jubelten, winkten, manche hielten Plakate hoch.

Jasper winkte ihnen zu. »Hi. Also, wir machen am besten eine Umfrage. Wer von euch ist neu? Bitte mal die Hand heben.«

Etwa ein Drittel der Leute reckte die Hände in die Höhe.

»So, wer ist alt?« Jasper lachte entschuldigend. »Gut. Jetzt, wo das Demografische geklärt ist, sollte ich vermutlich ein bisschen über mein neues Album erzählen. Das ist bestimmt neu für euch: Ich war am Meer.«

Das laute Lachen überraschte Jasper nicht. All die Schlagzeilen und Spekulationen auch im Netz konnten seinen Fans nicht entgangen sein.

»Da habe ich die schönste Zeit meines Lebens verbracht«, sagte er bewusst in der Vergangenheitsform.

Dabei war Frederstadt nicht nur seiner Vergangenheit, sondern auch seine Gegenwart – und seine Zukunft. Die Wohnung in Köln würde er demnächst verkaufen. Im Moment verbrachte er den Großteil seiner freien Zeit in Hendriks möblierter Wohnung in Frederstadt. Dort fühlten sie sich sehr wohl, auch wenn sie ein bisschen klein war für sie beide. Demnächst mussten sie sich nach etwas Größerem umschauen. Doch das Wichtigste war, dass sie zusammen waren.

»Ich hatte eine Musikflaute, kann man sagen. Keine Lust mehr, Songs zu schreiben. Keine Inspiration. Die Wochen an der Küste und der Wind haben meine Gedanken gehörig durcheinandergewirbelt – und gleich eine Menge Inspiration mitgebracht. Der nächste Song, den ich spiele, ist der erste, den ich dort geschrieben habe.«

Auch das Lied, das er beim Konzert in Arnes Wohnzimmer gespielt hatte, hatte es aufs Album geschafft. Aber das Meereslied, wie die Frederstädter es nur noch nannten, war nun einmal die erste Single.
»Ich spiele und singe ihn heute Abend für meine neuen Freunde von der Küste.«
Für den Fall, dass jemand im Publikum doch noch nicht gehört hatte, dass er sich jetzt in Frederstadt aufhielt, wollte er den Namen der Kleinstadt nicht nennen.
»Als Dankeschön für alles. Für ihre Hilfe, dafür, dass sie mir den Kopf zurechtgerückt haben, für den Ostfriesentee und die Spieleabende – und natürlich für die leckersten Pralinen der Welt.«
Hauke stand ihm nicht mehr ganz so feindselig gegenüber wie anfangs. Aber sein Vertrauen hatte Jasper noch nicht ganz gewonnen. Doch er würde nicht aufgeben.
»Danke, Jungs. Für alles«, sagte Jasper, ging zum Hocker mitten auf der Bühne und griff nach seiner Gitarre.

***

»Also, das mit der Musik ist ja Geschmackssache. Aber die Kanapees sind bannig gut, nech?« Hauk grinste und griff nach einer weiteren Baguettescheibe mit Schinken und grünem Spargel.
»Das wissen wir leider nicht. Du isst sie ja alle allein auf«, neckte Ralf und nahm sich eine mit Hühnerbrust.
Costin stieß Hendrik den Ellbogen in die Seite. »Meinst du, es ist okay, wenn ich mein Kletterequipment aus dem Auto hole und mich mal eben von da oben abseile?«, scherzte er und wies auf einen der Metallbalken an der Hallendecke.
Sie standen im Innern der VIP-Lounge, direkt am Fenster, von dem aus man die gesamte Halle überblicken konnte.

Das Servicepersonal war bereits dabei, die Reste des Buffets abzuräumen und die Tische zu reinigen.
Das Konzert war seit etwas mehr als einer Stunde vorbei. Die einzigen, die noch hier waren, gehörten entweder zu Jaspers Team oder waren private Gäste, also Hendrik und die gemeinsamen Frederstädter Freunde. Naja, und Hauke, den man zwar als Hendriks, aber eher noch nicht als Jaspers Freund bezeichnen konnte.
Ralf verdrehte die Augen und hakte sich bei seinem Freund unter. »Du musst nicht immer so angeben. Wir haben kapiert, dass du total sexy und sportlich bist.«
Costin grinste. »Dann kann ich mir die Aktion ja sparen.«
»Apropos sparen«, sagte Liridon und gesellte sich mit einem Kaviarhäppchen zu ihnen. »Ich hoffe, du erwartest keine Gehaltserhöhung.«
»Na, hör mal, ich habe eine ganze Menge neuer Gäste angelockt«, scherzte Hendrik.
»Die nehmen aber immer nur die billigsten Sorten, weil sie gar nicht wegen des Kaffees kommen. Mal im Ernst. Wenn ihr zusammen eine Wohnung sucht – wie soll das gehen?«
Hendrik zuckte mit den Schultern. »Jasper kauft die Wohnung und ich überweise jeden Monat eine Art Miete an ihn, bis mein Anteil der Kosten abbezahlt ist.«
Liridon zog die Augenbrauen hoch. »Kann ja ein bisschen dauern. Ich nehme an, Jasper will so eine schnieke Hütte wie die Villa mit Meerblick, die im Nachbarort zum Verkauf steht.«
»Ihr wollt doch wohl nicht aus Frederstadt weg, oder?«, fragte Valentin.
»Nein, auf keinen Fall. Wir suchen eine ganz normale Wohnung oder ein winzig kleines Haus.«
Hauke schnaubte. »Sehr bodenständig, dein Jasper.«

Hendrik hätte Hauke eine passende Antwort gegeben, wenn sich in dem Moment nicht eine Seitentür geöffnet hätte, durch die Jasper die VIP-Lounge betrat.
Hendrik eilte auf ihn zu und fiel ihm um den Hals. »Das war der Hammer«, flüsterte er ihm ins Ohr.
Jasper strich ihm liebevoll über den Rücken. »Danke, *liefje«,* erwiderte er, ehe sie sich voneinander lösten.
Valentin kam zu ihnen und umarmte ihn ebenfalls. »Vielen Dank für die Einladung. Es war toll.«
»Schön, dass es euch gefallen hat«, erwiderte Jasper strahlend.
Das war erst das dritte Konzert seiner Tour gewesen, die ihn den ganzen Winter über durch Deutschland, Österreich und die Schweiz führen würde.
»Ich bin so stolz auf dich.« Hendrik nahm seine Hand, verflocht ihre Finger miteinander. »Noch viel schöner als die Konzerte, die ich auf DVD geschaut habe.«
Er hatte einiges nachzuholen gehabt: Jaspers ältere Alben anhören, Musikvideos schauen, Konzertaufnahmen – doch nichts davon hatte ihn auf das heutige Erlebnis vorbereitet.
Er hatte das Gefühl, dass sein Herz noch immer viel zu schnell schlug. So aufregend war es gewesen, seinen Freund da auf der Bühne stehen zu sehen und singen zu hören.
Auch die anderen kamen und bedankten sich für die Einladung. Sogar Hauke, auch wenn er die Kanapees mehr lobte als Jaspers grandiosen Auftritt.
»Wo ist eigentlich Käpt'n?«, fragte Jasper.
»Bei meinem Schwiegervater«, erwiderte Max. »Die beiden sind ein Herz und eine Seele.«
»Ist ja auch besser für das arme Tier«, brummte Hauke.
Karl stieß die Luft aus. »Ich liebe dich, aber manchmal könnte ich …«
»Hm?«

»Dich aus dem Fenster werfen.«
Jasper schnaubte. »Nee, bitte nicht. *Pralinenmeister stirbt bei Jasper Gode-Konzert* ist keine Schlagzeile, die ich sonderlich gern lesen würde.«
»Ich merke genau, was du da tust«, sagte Hauke.
»Was denn?«
»Du willst dich bei mir beliebt machen. Aber nur wegen meiner Pralinen.«
»Stimmt, Hauke. Wir wollen alle nur deine Pralinen«, stichelte Jonte und fing sich einen indignierten Blick ein.

***

Hendrik lehnte den Kopf an die Kopfstütze des Beifahrersitzes und betrachtete Jasper. »Ich bin verdammt froh, dass ich dir eine weitere zweite Chance gegeben habe.«
Jasper lächelte ihn an, ehe er sich wieder der Fahrbahn zuwandte. »Wohl eher eine dritte, oder?«
»Das klingt so negativ.«
Grinsend überholte Jasper einen LKW.
Während der Tournee war er eigentlich nicht mit seinem eigenen Wagen unterwegs. Aber da der bei Hendriks Wohnung in Frederstadt stand und Jasper die Nacht heute nicht im Hotel, sondern zu Hause verbringen würde, fuhren sie mit seinem Auto.
Zu Hause. Ja, okay, offiziell war es Hendriks Zuhause und sie lebten bloß vorübergehend zusammen dort. Dennoch fühlte es sich genauso an. Dort verbrachten sie Zeit miteinander, sie kochten, schauten Serien – und gingen miteinander ins Bett.
»Woran denkst du gerade?«, fragte Hendrik.
»An Sex mit dir.«

Hendrik lachte atemlos. »Beim Fahren? Ist das eine gute Idee? Ich möchte an einem Stück zu Hause ankommen«, versetzte Hendrik.
Jasper legte seine Hand auf Hendriks Bein und drückte seinen Oberschenkel. »Ich bin auch froh, dass du mir noch eine Chance gegeben hast. Und wie.«
»Ich habe mal gelesen, dass man angeblich Dinge herbeiwünschen kann. Man muss sich etwas nur oft genug vorstellen, dann passiert es auch.«
»Wenn das so ist, haben wir unser Wiedersehen wohl selbst herbeigeführt. Ich zumindest. So oft, wie ich an dich gedacht habe«, meinte Jasper.
»Ich hätte dich fragen sollen, was du möchtest.«
»Wie meinst du das?«
»Na, ich war doch sauer, dass du in Utrecht am nächsten Morgen weg warst. Wenn ich dich einfach gefragt hätte, ob du mehr willst als nur eine Nacht, hätte ich mir die Enttäuschung erspart. Ich war mir einfach so sicher, dass du das auch gespürt hast, dieses Knistern zwischen uns.«
Jasper schluckte. »Das habe ich doch auch. Ich war nur zu blöd, um es richtig einzuordnen.«
»Das war wirklich ganz schön blöd von dir.« Hendrik schloss seine Finger um Jaspers Hand. »Aber vielleicht ist es auch richtig so, wie es gekommen ist.«
»Wir haben zweieinhalb Jahre miteinander verpasst.«
Manchmal lag Jasper nachts wach und konnte nicht schlafen, weil er sich daran aufrieb. Wer wusste schon, wie viel Zeit ihnen blieb? Erst letzte Woche hatte er eine Kinderkrebsstation besucht und dort für die Patientinnen und Patienten gesungen.
»Aber zu dem Zeitpunkt hätte es doch gar nicht gepasst bei uns. Du warst gefangen in einer Karriere, die nicht mehr zu

dir gepasst hat, und ich habe in einem Leben festgesteckt, in dem ich mich nicht wohlgefühlt habe.«
»Außerdem haben wir jetzt Hauke. Anfeindungen von außen schweißen einen als Paar doch erst richtig zusammen.«
Hendrik lachte. »Vorhin hat er mir gestanden, dass dein Konzert nicht so schlimm war, wie er befürchtet hatte.«
»Von Hauke ist das ein tolles Kompliment.«
»Ich fand es toll, Jasper. Du bist verdammt sexy als Rockstar.«
»Rockstar?«, wiederholte Jasper amüsiert. »Na, ich weiß nicht.«
»Schon so ein bisschen. Als du das Lied für mich gesungen hast, da …« Hendrik schluckte hörbar.
Jasper sah kurz zu ihm und lächelte ihn an. »Ich habe alles für dich gesungen, *liefje.«*
»Ich liebe dich«, sagte Hendrik mit belegter Stimme.
»Ich liebe dich auch«, antwortete Jasper.
Er wusste schon, was für einen Song er als nächstes schreiben würde: einen musikalischen Heiratsantrag.

---

Die Geschichte von Valentin und Jonte wird in »Weihnachtsmarkt in der Sterngasse« erzählt, die von Ralf und Costin in »Vom Einbrecher zum Traummann«, die von Karl und Hauke in »Schokoherz zu verschenken« und die von Max und Arne in »Zur falschen Zeit am richtigen Ort«.
Genovefa Adams' andere Gay Romance-Titel sind ebenfalls bei Amazon erhältlich.

Printed in Germany
by Amazon Distribution
GmbH, Leipzig

30413658R00103